飛び立つ君の背を見上げる

武田綾乃

宝島社文庫

宝島社

目次

プロローグ　7
第一話　傘木希美はツキがない。　11
第二話　鎧塚みぞれは視野が狭い。　131
第三話　吉川優子は天邪鬼。　211
エピローグ　308
記憶のイルミネーション　313
解説　吉田玲子　324

飛び立つ君の背を見上げる

プロローグ

『吹奏楽部引退式』

音楽室の黒板には、デコレーションされた模造紙が貼られている。黄色、水色、ピンク色。手作り感あふれるバルーンとペーパーフラワーの飾りつけに、夏紀《なつき》はつい苦笑した。上靴越しに感じる床板の軋《きし》み方は普段となんら変化ないというのに、いまこの瞬間、音楽室は何やら特別な意味を持った場になっている。

先ほど手渡された花束を腕に抱え直すと、ずしりとした感触が手のひらにのしかかってきた。青と紫を基調にした、上品な花束だった。ブルーサルビアの隙間には白いカードが差し込まれており、『夏紀先輩へ』と自分の名前が印刷されていた。少し離れた場所にいる部長の花束は黄色とピンクで構成されていたから、もしかすると一人ひとりの好みに合わせて用意したのかもしれない。

夏紀の目の前では、後輩が感極まった様子で目を潤ませている。夏紀が担当していた金管楽器――ユーフォニアムパートのひとつ下の後輩、久美子《くみこ》だ。

吹奏楽部に入部したその日から、久美子はずっと優秀な奏者であり、優秀な後輩だった。見ているこちらの息が詰まってしまいそうになるくらいに。

「副部長のお仕事、お疲れ様でした」

「次からは久美子の代が頑張らんとな」

そう笑いかけると、久美子は涙をこらえるようにゆっくりと瞬《まばた》きした。癖のある髪が彼女の肩で揺れている。頼りなさそうな肩だ。あともう少し部に残って、面倒を見てやりたい――と思ったところで、自分の思考回路に自嘲する。まるで子離れできない親のようだ。

副部長という肩書きは自分には重すぎると感じていたはずなのに、いざ手放すとなると名残惜しさを覚えている。呼ばれるたびに胸のうちでひっそりと湧き上がっていた気後れと照れに、まさか寂しさまでもが加わるとは思わなかった。

「来年こそ全国に行きますから」

そう力強く言い切る久美子に、夏紀は一瞬だけ目を逸《そ》らしたい衝動に駆られた。うっかり太陽を直視してしまったときのような、濃縮したまぶしさが網膜を焼き切ろうとする。

全国大会金賞。その目標は、吹奏楽部の悲願である。壁に飾られた額縁には、関西大会時の集合写真が納まっている。写真はそれでオシマイだ、続きはない。

今年、夏紀たちの部は全国大会に出場できなかった。

「応援してる」

意識的に口角を上げ、夏紀は歯を見せるようにして笑う。その途端、なぜか久美子は再び泣き出してしまった。背中を丸めて目をこする後輩に、夏紀は噴き出すようにして笑った。

「なんでいま泣くのよ」

「すみません。本当に引退しちゃうんだなって実感して」

「とか言って、上の代がおらんくなって清々するんちゃう?」

「そんなワケないじゃないですか」

「はは、冗談やって」

自分の言葉が即座に否定されたことに、ほんの少しだけうれしくなる。後輩の信頼を疑ったことはないけれど、それでも自分の居場所がなくなっていくのを実感するのはまだ怖い。

息を吐いた途端、腕のなかにある花束がなんだかさらに重くなったように感じた。部活で忙しかったころは早く解放されたいと思っていたはずなのに、いざそうなってみると、心の中心にぽっかりと大きな穴が空いている。

「本当に、いままでありがとうございました」

噛《か》み締めるようにして告げられた台詞《せりふ》が、脳味噌《のうみそ》にじわじわと染み入ってくる。ありがとうございました。過去形の文末が、目の前の後輩と自分のあいだに明確な境界線を引いていた。

北宇治《きたうじ》高校三年、中川《なかがわ》夏紀。私は今日、吹奏楽部を引退した。

第一話

傘木希美はツキがない。

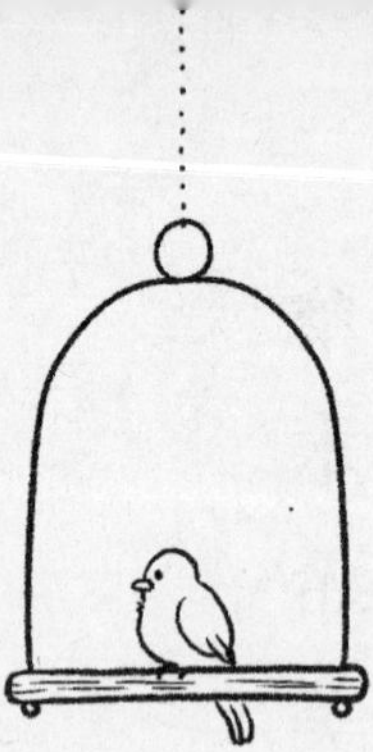

「卒業アルバム制作に協力よろしくお願いします」

ホームルームの時間にクラスメイトが配付したプリントには、十五個の質問が印刷されていた。協力なんて言葉を使っているが、参加は強制されている。高三の三学期になったいまでさえ、中学校の卒業アルバムを見返したことは一度もなかった。高校のアルバムだってきっと、見返すことはないだろう。心の底ではどうでもいいと思っているから。

頭を軽く振り、夏紀は窓を見やる。ポニーテールにした髪は、中学のころに比べてずいぶんと伸びた。日光に当たると、傷んだ髪は全体的に茶色を帯びて見える。ガラスにぼんやりと映る自分の顔は、横向きだとそこそこイイ感じだった。いつでも窓を見られるのは窓際席の特権だ。

頬杖《ほおづえ》を突くついでに、夏紀は右肘でプリントを押さえる。目を通すと、くだらない質問がずらりと並んでいた。

Ｑ５　高校生活の忘れられない思い出は？

Ｑ６　あなたがいちばん好きな先生は？

Ｑ７　将来きっと大物になると思う人物は？

これらにすべて答えるのかと思うと気が滅入《めい》る。だが、白紙で出すのも気が引ける。目だけを動かし、夏紀はさらにその先の質問を読んだ。

Q12　あなたが友達に抱いている印象は？

その項目を見た瞬間、自然と視線が斜め前の席に座る友達の背中へ吸い寄せられた。肩に届くぐらいのまっすぐな黒髪、そこからのぞく白い首筋。わずかに前傾している背中を、セーラー服の藍色が覆い隠している。

鎧塚《よろいづか》みぞれは――とそこまで考え、夏紀はペンケースからシャープペンシルを取り出した。みぞれとは出身中学が同じだが、仲良くなったのは高校に進学してからだった。中学から吹奏楽部に所属していたみぞれとは違い、夏紀は高校スタート組だ。中学では帰宅部だった夏紀とみぞれのあいだに接点はなかったのに、いまこうして仲良くしているというのはなんだか不思議な感じがする。

机のフックに吊《つる》されたみぞれのスクールバッグには、木管楽器であるオーボエが入っている。黒い楽器ケースに収まったそれは、学校の備品ではなくみぞれの所持品だ。値段は確か、百万円近くしたはずだ。吹奏楽部で使用される管楽器のなかでもオーボエはかなり高額な部類に入る。吹奏楽でもオーケストラでも活躍する楽器だが、「世界でいちばん難しい木管楽器」としてギネスブックに認定されていたりする。

みぞれはなんて書くのだろう。彼女の薄い瞼《まぶた》が緩慢に上下するところを想像する。普段感情を表に出さない彼女が、不意に唇を綻ばせる。シャープペンシルを握る白い手が動き、紙に一人の名前を書きつける。——傘木希美《かさきのぞみ》。整った文字が意味するのは、いまここにはいない他クラスの友人だ。

もちろん、こんな光景は夏紀の頭のなかにしかない。この席からだとみぞれの姿は背中しか見えないし、プリントに書き込んだ内容なんてわかるわけがない。だが、夏紀はみぞれが希美の名前を書くことを確信していた。みぞれにとって、希美は特別な存在だから。

自分だったら希美をどう捉えるだろう。右手に握ったままのシャープペンシルを、思いつくままに動かす。

『傘木希美はツキがない。』

自分の書いた文章を見て、これは本人には絶対に見せられないなと苦笑する。そのまま下に視線を滑らすと、次の項目が目に留まった。

Q13　あなたの自分自身への印象は？

『私は、』

　そこまで書いたところでシャープペンシルの動きが止まった。中川夏紀は、いったいなんだというのだろう。他人から見た自分も、自分から見た自分も、上手《うま》くつかむことができない。

　シャープペンシルを机の上に置き、夏紀は深くため息を吐き出す。少し前まで、自分には肩書きがあった。吹奏楽部の副部長。低音パートのユーフォニアム担当。だけどそれをなくしたいまでは、自分像すらあやふやになってきた。もともと、リーダーなんて柄じゃない。誰かに頼りにされていた自分は、本当の自分が必死に背伸びした姿だ。

　中川夏紀は――。それをいま、考えている誰かがいるのだろうか。想像すると薄ら寒い気持ちになって、夏紀は乱暴にプリントを机のなかに押し込んだ。

　夏紀の通う北宇治高等学校は、その名のとおり京都府宇治市にある公立高校だ。ブレザーが主流になりつつある時代に、いまだに学ランとセーラー服を制服としている。この制服目当てに受験する生徒も少なくないという話だから、これも戦略なのかもしれない。

グレーのピーコートのボタンを留め、夏紀はその上から紫と黒を基調にしたチェック柄のマフラーを巻く。三年の三学期ということもあり、スクールバッグはずいぶんと軽い。授業は受験勉強のオマケみたいなものだし、ほとんど自習に近かった。前までは部活のために水筒やらタオルやらを持ってきていたけれど、その必要もなくなった。

「みぞれ、今日はどうするん。一緒に帰る？　それともまだ学校にいる？」

夏紀の問いかけに、身支度をしていたみぞれが振り返った。癖のない黒髪が、彼女の頬に沿うようにして伸びている。

「今日は残る。練習するから」

「そっか」

「夏紀も残る？」

「いやいや、なんのためにうちが残るんさ」

自分はみぞれとは違うのに。思わず肩をすくめた夏紀に、みぞれはキョトンとした顔で小首を傾《かし》げた。

「残りたそうに見えたから」

「学校に？　んなわけないやん。はよ家に帰りたいって」

「そう？」

「そうそう」

長い睫毛《まつげ》を上下させ、みぞれは唇を軽く引き結んだ。制服の袖口から見える彼女の手はすらりとしている。長い指だ。ピアノだって弾ける。オーボエだって奏でられる。音楽の神様に愛された手。

スクールバッグを肩にかけ、みぞれが窓の外を見やる。灰色のおぼろ雲が薄いフィルターをかけるように空全体を覆っていた。雲と雲の隙間から漏れる光芒《こうぼう》を指差し、みぞれは無表情のまま告げた。

「あそこ、光ってる」

「うん?」

「スポットライトみたい」

「あー、そうかも」

「捕まえたら食べられそう」

「何を?」

「光」

そう言って、みぞれは微《かす》かに頬を緩めた。彼女なりの冗談だろうか、それとも本気の言葉だろうか。自分の椅子の背もたれに手をかけたまま、夏紀は右足から左足へ意味もなく重心を動かす。

みぞれはよく突拍子もない発言をするが、そこに相手を困らせてやろうとか驚かしてやろうとかいう気持ちは感じない。きっと彼女の頭のなかではすべてがつながっているのだろう。夏紀には上手く意味をつかめないことも多いが。

「あ、いたいた！　二人ともお疲れー」

教室前方の扉から、二人の女子生徒が顔を出す。一人は吉川優子《よしかわゆうこ》。トランペットパートだった彼女は、吹奏楽部で部長を務めていた。キャンキャンと騒がしい性格で、とにかく気が強い。お節介焼きなところがあり、それが、彼女が理想の部長と評価されていた理由のひとつでもあった。

その隣にいるのは傘木希美だ。フルートパートだった彼女は、高校一年生のときに一度吹奏楽部を辞め、二年生の夏に再び復帰した。明るい性格で協調性が高い。顔が広く、友達も多い。

夏紀、優子、希美、みぞれの四人は同じ南《みなみ》中出身だ。夏紀以外の三人は中学時代から吹奏楽部に所属していた。

「今日はみぞれ、残るんやって」

夏紀がみぞれのほうを指差すと、「そうなんや」と優子が残念そうに言った。希美が微かに目を細める。

「レッスン？」

「そう」

みぞれがうなずく。浮き足立っているのか、その手が何度も前髪に触れている。希美と話すとき、みぞれは普段よりもきらめいて見える。それは見開かれた双眸《そうぼう》のせいかもしれないし、興奮で血色がよくなるせいかもしれない。

「試験もうすぐやもんなぁ」と希美がしみじみと噛み締めるようにつぶやく。すでに同じ大学の合格が決まった夏紀たち三人とは違い、みぞれは音楽大学を受験することになっていた。

「みぞれ、ファイト！」

親指を突き立てる優子に、みぞれがこくりと首を縦に振る。

音楽大学を受験するのにどんな勉強が必要なのか、夏紀はよく知らない。音大なんて選択肢は自分には最初からなかったから。同じ吹奏楽部に入っていても、音大を選ぶ子とそうでない子がいる。その境界線はどこなのだろうと、夏紀は向かい合うみぞれと希美を見比べた。

「何？」

視線に気づいた希美がこちらを向く。後頭部の高い位置で結われたポニーテールは、希美の象徴のようなものだった。中学時代から、彼女はずっと同じ髪形をしている。

「いや、なんとなく見てただけ」

「なんじゃそりゃ」

呆《あき》れ顔のまま、希美がカラカラと明るく笑う。短い前髪の隙間から、眉尻が微かに下がったのが見て取れた。

「ほら、いつまでもしゃべっとらんと、そろそろ帰るで」

「はーい」

優子の号令に、夏紀は素直に返事をした。吹奏楽部時代に染みついた習慣のようなものだ。部長は優子で、その補佐をする副部長が夏紀。周囲は二人をセットだと思っているし、夏紀自身もその扱われ方が嫌いじゃなかった。

その後、みぞれがコートを腕に抱えるのを待ってから、四人は教室をあとにした。廊下を進み、階段前に着いたところで一人と三人に分かれる。音楽室の方向へ歩いていくみぞれを、夏紀たちは手を振って見送った。

深緑色の廊下の奥へと吸い込まれていく、みぞれの藍色のセーラー服。それが視界から完全に消えたのを確認し、夏紀は自身のコートの袖口を引っ張った。

「はー、みぞれ見てるとこっちまでドキドキしてくる」

吐息混じりの優子の言葉に、希美が歩きながら問う。

「なんで？」

「だってさ、もうすぐ試験やし。受かってほしいやん」

「アンタはみぞれの親か」

思わず口を挟んだ夏紀に、「違いますけど？」と優子が唇をとがらせる。

階段を下りながら、夏紀は手すりに指を滑らせた。前を歩く希美の後頭部では、ポニーテールの先端がメトロノームみたいに揺れている。

「まぁ、こんなこと教室じゃ絶対に言えないけどさ、うちらには受験のドキドキ感はないよなぁ」

希美がこぼした言葉に「まーね」と優子もうなずく。受験ムード一色となった教室では、夏紀たちのような立ち位置の人間はどこか浮いている。

自習時間中、退屈しのぎにこっそりと音楽を聴いていた自分の振る舞いを思い出し、夏紀は頭の後ろをかいた。

「ほかの子らはガッツリ受験シーズンやし、しゃあないわ」

「夏紀は何して過ごしてるん？」

「普通にダラダラしてる。希美は？」

「いろいろやってるよ」

「いろいろねぇ」

そこで言葉を濁すだなんて、なんだか意味深長だ。傍らにいた優子が「二人とも腑《ふ》抜《ぬ》けてるんとちゃう？」と鼻息を荒くした。

「そんなこと言う優子サンはなんかやってるんです？」

わざと慇懃無礼《いんぎんぶれい》なしゃべり方をした夏紀に、優子はすぐ乗っかってくる。

「オホホ、お茶と生け花を少々」

「嘘《うそ》つけ」

「なんでよ、やってるかもしんないでしょ！」

「その言い方、絶対にやってへんやん」

「まぁ、確かにやってないけど」

「認めるんかい」

「うちは夏紀と違って心が素直やから。認めることはちゃんと認めるの」

「とかアホなこと言うてるわ」

「アホちゃうわ」

いつまでも続きそうな言葉の応酬は、「まぁまぁまぁ」という希美の仲裁によってストップした。優子との会話が中身のないキャッチボールになるのはいつものことだった。じゃれ合いみたいな会話は、余計な気を遣わなくていいから楽だ。

「もう、二人はほんま相変わらずやな」

希美が呆れたように笑う。何も考えずに彼女の背中を追っていたせいで、夏紀は階段の段差がなくなったことに気づかなかった。靴底に張りつく浮遊感にヒヤリとする。だがそれも一瞬で、自分の足はしっかりと地面を捕まえていた。まるで何事もなかったかのような顔を繕い、夏紀はそれとなく二人の様子をうかがう。恥ずかしいところを見られたかと心配したが、どちらも気づいた様子はなかった。

昇降口で靴を履き替え、校門を抜ける。途中、優子が「待って」と言い、道端にしゃがんで靴紐《くつひも》を結び直した。

「ローファーにしたらいいのに」と希美が言う。スニーカーとローファーを気分で履き替える夏紀と優子に対し、みぞれと希美はずっとローファー派なのだ。

「でもコレ、お気に入りのスニーカーやねんもん。卒業するまでにいっぱい履いとかへんと」

立ち上がった優子が見せびらかすように脚を伸ばす。ピンク色のスニーカーは底が厚く、体育の授業には向かないデザインだ。

「そういやさ、吹部《すいぶ》の卒業旅行はどうする？　去年の先輩らはスキー行ったらしいけど」

話題を振った夏紀の左側に希美が、右側に優子が並んで歩く。四人でいるときは前後の列で二人、二人になることが多いけれど、三人のときはこうして横一列になる。だが、これがみぞれを含めた三人になると、なぜかみぞれと二人に分かれてしまう。

みぞれが浮いているとかそういうわけじゃない。ただ、みぞれは一人になりがちな子だった。

「あんま遠出するのもお金かかるし、三重とかどう？　伊勢志摩《いせしま》」

優子の提案に、希美が声を弾ませる。

「あー、懐かしい。小学生のときに修学旅行で行ったなぁ」

「水族館行って、温泉行って、テーマパーク行って」

「それでええやん。入試の日程が全部終わった時期がええやろな、三月下旬とか」

「うち、ジュゴン見たい」

そう言ってから、夏紀は自分の小学生のころの記憶がほとんどないことに気づく。修学旅行に行ったことは覚えているのだ。水族館に行ったことも、お土産にキャラクターの貯金箱を買ったことも覚えている。だが、そのときに誰と一緒にいたかが記憶にない。教室にいた人間のほとんどのことをどうでもいいと思っていたせいで、顔も名前も曖昧だ。そして、それに対して不便を覚えたことも一度もない。

高校生のいまですらそうなのだから、大人になったらもっといろんなことを忘れるのだろうか。それって最高じゃない？　と夏紀は密《ひそ》かに思う。面倒なことはさっさと忘れて、楽しかったことだけを覚えていたい。好きなもの、好きな人、それだけに脳のリソースを割きたい。

「ま、いろいろやるのはみぞれの合格が決まってからやな」

「合格するって決まってるわけちゃうけどね。浪人する人だっているし」

「希美がそんな心配せんでも、なるようになるでしょ」

夏紀の言葉に、「心配してるってわけじゃないけど……」と希美は曖昧に語尾を濁した。逸らされた彼女の視線の先では、誰かによって踏みつけられた雑草がくたびれていた。

「早くみぞれの受験終わらんかなー。そしたらいっぱい遊びに行けるのに」

「優子はどこ行きたいんさ」

「カラオケとか」

「いつも行ってるやん」

「夏紀とはね？　そうじゃなくて、四人で」

「みぞれ、あんま歌わんからなー。タンバリンばっか叩《たた》いてるやんあの子」

関西大会後、三年生だけで行った打ち上げの様子を思い出し、夏紀の口元は自然と緩んだ。みぞれはあまり感情を表に出さないタイプだが、だからといって楽しいという感情が欠落しているわけじゃない。

「あ、うち今日は寄るところあるから」

交差点に差しかかり、夏紀は横断歩道の向こう側を指差す。優子が軽く首を傾げた。

「どこ寄るん？」

「ＣＤ買いに行く」

「あー、夏紀の好きなバンドのアルバム、今日がリリースやっけ」

「そうそう」

「なんて名前やった？　確か、アンコールワット的な……」

「アントワープブルーね」

優子の間違いを、夏紀は即座に訂正する。アントワープブルーは最近メジャーデビューを果たした四人組ロックバンドだ。インディーズ時代は男女二人のツインギターユニットだったが、メジャーデビューを機にベースとドラムが加わった。最近では映画の主題歌を担当するなど、活躍がめざましい。

「ネットで買ってダウンロードすればいいのに」

そう告げる希美に、わかってないなと夏紀は首を左右に振る。

「こういうのはちゃんと店で買いたいの。予約して、発売日に受け取る。フィルムを剥がすあのドキドキ感までが一連のイベントなワケよ」

熱弁する夏紀に、優子はうんざりした顔で相槌《あいづち》を打っている。何度聞いたかわからないと言いたげな顔だった。

「じゃ、また明日」

「バイバイ」

二人とは手を振って別れ、夏紀はショッピングモールへ向かって歩き出す。一人で歩くときの歩幅は、誰かと一緒にいるときに比べてずっと大きい。誰かを気にせずに歩くのは好きだ。一人でいるのが好き。だけど、ずっと一人でいるのはちょっとだけ寂しい。

ガードレールの内側を、大股で歩く。通り過ぎる車を目で追いながら、夏紀はポケットからイヤホンを取り出して耳に装着する。再生ボタンを押すと鳴り始めるギターの旋律。男性ボーカルの、咆哮《ほうこう》のようなパワフルな歌声。「カッコいい」が凝縮した、イカした曲だと思う。アントワープブルーの、インディーズ時代の曲だった。

昔から、夏紀はパンクやロックといった激しい音楽が好きだった。クラシックみたいなお行儀のいい音楽は退屈だし、自分の肌には合わないと感じていた。だけど、吹奏楽部に入ってからそうしたものへの見方も少し変わった。それがいいことなのか悪いことなのか、自分でもよくわからない。

もともと、北宇治高校の吹奏楽部は弱小だった。人数だけは多いけれどコンクールも記念参加ぐらいの感覚だったし、練習するという習慣もあまりなかった。それががらりと変わったのは、夏紀が二年生のときだ。他校からやってきた音楽教師が新しい顧問となり、赴任一年目で全国大会出場という華々しい結果を出した。北宇治は一躍強豪校の仲間入りを果たし、二年目では関西大会金賞という実績を残した。

特殊な部活経験だったと自分でも思う。同じ高校で弱小時代と強豪時代を過ごすだなんて、かなりのレアケースだ。弱小校だったころの北宇治と、強豪校になってからの北宇治。そしてその狭間《はざま》で翻弄された、辞めていった部員たち。

あのときのことを思い出すと、夏紀は胸の奥がざわつくのを感じる。嫌な思い出だ。できるだけ考えたくない。何もかもなかったフリをして、充実した学生生活だったと上辺の実績だけを眺めていたい。だけど、それが無理なこともわかっている。

歩くたびに感じる、自身のポニーテールが揺れる感覚。それがどうしても、希美の姿を連想させる。イヤホンから聞こえる音楽が途切れたことに気づき、夏紀はその場で足を止めた。

一月の風が、夏紀の頬に突き刺さる。冷えた手をコートのポケットに突っ込んだまま、夏紀は軽く目を閉じた。世界を構成するすべてが、なんだか宙ぶらりんに感じる。自分を形作る輪郭だけが明瞭で、それ以外の何もかもが他人事《ひとごと》みたいにぼやけて見える。昔からそうだ。世界から自分だけが弾《はじ》き出されたような、理由のない疎外感。

部活があったときは、こんなことを考えなくてすんだのに。突然与えられた時間の有意義な使い方がわからなくて、暇を持て余している。胸にぽっかりと空いた巨大な穴を埋める術《すべ》がわからない。

将来のためにやるべきことなんていくらでもあるはずなのに、ためになるものを毛嫌いしている。

『立派な大人になんてなりたくない』

そういう文言がアントワープブルーの歌詞にあった。中学生だった夏紀は、その詞に強く共感した。頭に立派がつくようなものにはなりたくない、大人にだってなりたくない。

瞼を上げ、夏紀は深く息を吐き出す。唇からこぼれた吐息が白くて、冬であることを実感した。

もうすぐ、自分の高校生活は終わる。

ケースを覆うフィルムを剥がし、ドーナツ状のCDを抜き取る。プレイヤーに入れ、再生ボタンを押す。ケースに入った歌詞カードは冊子になっていて、そのデザインは今回のアルバムのコンセプトを反映している。デカデカと書かれた、アントワープブルーの文字。それを一瞥《いちべつ》し、夏紀はベッドへと寝そべった。

買い物を済ませた夏紀は帰宅して早々、自室へと引っ込んだ。二階建て一軒屋の二階、西日がまぶしい六畳間が夏紀に割り当てられた部屋だ。厚みのある遮光カーテンはグレー、ベッドやカーペットは黒と白。モノトーンで統一されている部屋の、特定のパーツだけがいやに目立つ色をしている。たとえばコンポの横に置かれたヘッドホンの紫だとか、スタンドにかけられたギターの茶色だとか。

男性ボーカルの軽《かろ》やかな歌声が、部屋のなかに充満する。ベッドに丸まり、夏紀は目を閉じた。昔は大好きだったはずの歌声に、いまは惹《ひ》きつけられなくなりつつある。動画サイトにアップされたMVは明るい仕上がりで、昔の雰囲気とは明らかに違っていた。

枕に頬を押しつけ、夏紀はそのまま記憶の海に潜る。アントワープブルーが変わってしまったと感じたのは、昨日今日の話じゃない。

去年の十二月、バラエティー番組で愛想笑いをしているボーカルを見たときには衝撃を受けた。彼は主題歌を担当する映画の宣伝で出演していて、俳優とチームを組んでクイズに挑んでいた。ボーカルの天然な性格が茶の間に受けたらしく、最近では彼一人でのテレビ出演も目立っていた。明らかにバンドの仕事は増えた。ファンも増えた。だけど、それを受け入れられない自分がどこかにいた。

インディーズのころのほうが好きだった、なんて自分のエゴだ。そんなことはわかっている。バンドメンバーたちは、いまのほうが美味《うま》い飯を食っているに違いないのだから。

スティックがシンバルを打ち鳴らす音、鳴り響くギターの旋律、ボーカルの明るい歌声。去年、映画の主題歌に選ばれた曲はこれまでの作風から大きく変わっていた。いかにもポップで、売れそうな曲だと聞いた瞬間に感じた。現に、この曲はアントワープブルーのいちばんのヒット曲だ。夏紀だって嫌いじゃない。だけど、どうしても大好きにはなれない。

「……ハッ」

馬鹿みたいだ、とベッドの上で自身の髪をかき混ぜる。好きになってくれと頼まれたわけでもないのに。

夏紀は勢いよくベッドから下りて立ち上がると、CDプレイヤーの停止ボタンを押した。流れていたボーカルの歌声が途切れ、部屋には静寂が訪れた。髪を束ねていたヘアゴムを抜き取り、夏紀は乱暴に頭を振る。

棚に飾られたCDケースのすぐ隣には、後輩たちからもらった写真立てが飾られていた。木製のフレームには、夏紀の好きな熊のマスコットキャラクターが描かれている。「好きな写真を飾ってください」と後輩には言われたけれど、結局なんの写真も入れていない。大事にしたい思い出はたくさんある。だけど、どれを選ぶべきかがわからない。

空っぽの写真立てを手に取り、夏紀は短くうなった。あれこれ考えるより、ここに飾るための写真をいまから用意したほうが手っ取り早い。

「って、そんな理由でカラオケ？　もっといいとこあったでしょ！」

マイクを握り締めたまま、優子がソファーの上で叫ぶ。土曜日のカラオケ店は、平日に比べてやや値段設定が高い。それでもフリータイムを利用すれば千円ほどで十時から十九時まで暇を潰せるのだから、貧乏学生にはありがたい場所だ。

「次、優子の番やけど」

「えー、何入れよっかな」

「一回休む？」

「そうする。ジュース取ってくる。夏紀は何がいい？」

「レモンスカッシュ」

「りょーかい」

優子が扉を開けた途端、隣室の騒がしい歌声がどっと室内に流れ込んできた。扉が閉まると、狭い直方体の部屋は再び隔離された空間になる。世界とつながっているはずなのに、スピーカーから流れる音だけがやけに強調されて聞こえてくる。

ジュースのなくなったグラスを傾け、夏紀は奥歯で氷を噛み砕く。優子と二人でカラオケに行くのは、もはや定例行事だ。部活に入っていたころは休日が少なかったから月に一度程度だったが、いまとなっては行き放題だ。自由な時間が増え、今度は懐事情のほうがやや厳しくなってきたけれど。

「ほい、夏紀の分」

「ありがと」

部屋に戻ってきた優子が、ドリンクバーから持ってきたグラスをテーブルの上に置く。夏紀はたいていコーラかレモンスカッシュを飲むが、優子はアップルティーやアールグレイといった紅茶を選ぶことが多い。

真っ黒のショートブーツを脱ぎ、夏紀はソファーの上であぐらをかく。短いデニムパンツから伸びる自分の脚は、赤色のカラータイツに包まれていた。隣に座る優子は、グレーのニーハイソックスを穿《は》いている。

夏紀の服の好みは、好きなバンドの影響を大いに受けている。可愛《かわい》いよりもカッコよくなりたいし、パステルカラーよりはビビッドカラーのほうが好きだ。ダメージジーンズもレザージャケットも大好きだし、髪の毛もいつかは染めたいと思う。

それとは逆に、優子は清楚《せいそ》系ファッションを好む。吹奏楽部時代の憧れの先輩がそうした格好をしていたせいだ。リボンやフリルのついた服装が好きで、流行の小物をセンスよく取り入れている。

夏紀の格好を見て、優子はよく「派手な服」と笑うが、こちらに言わせれば彼女のガーリーな服のほうがよっぽど派手だ。自分じゃ絶対に着こなせない。

「希美も来れたらよかったのに」

「友達と遊ぶ言うてたからなぁ」

夏紀はしみじみとつぶやいた。退屈を嫌う希美は、すぐに予定を詰めたがる。何もない休日を過ごすともったいない気持ちになるらしい。

「みぞれを誘うワケにもいかへんしね」と優子がため息混じりに言った。

「来週には入試やしな」

「あー、ソワソワする！」

「アンタがソワソワしてどうするんさ」

「どうもしないけど、みぞれ本人にはソワソワしてるなんて言えないし」

「そりゃそうやろ」

「胃が痛いぃ」

「当の本人は意外とケロッとしてそうやけどね。気にしてるのは周りだけ」

鎧塚みぞれとはそういう人間だ、と夏紀は考えている。優子はあれこれと世話を焼きたがるが、優子が思っているよりもみぞれはしたたかだ。

紅茶のカップを机に置き、優子が身体ごとこちらに向ける。膝をそろえた上品な座り方に、彼女の育ちのよさがうかがえた。

「夏紀って、みぞれがおらんときにそういうこと言うよね」

「そういうことって？」

「なんというか、みぞれにちょっと当たりが強い言葉」

「うちは誰にでも当たり強いけど」

「ま、そりゃそうなんやけどさ」

何か言いたげに、優子が唇をむにゃむにゃと動かす。力強く天を向く彼女の睫毛が、不満であることをことさらに主張していた。

「夏紀は希美派やからしゃあないか」

「じゃ、優子はみぞれ派やな」

「当たり前やん」

「そこ、自分で認めるんや」

背中を丸め、夏紀は苦笑する。ポニーテールの毛先が自身の首筋をくすぐっていた。

傘木希美と鎧塚みぞれ。二人の関係性を、夏紀はどう言葉で表していいのかわからない。希美のこともみぞれのことも、もちろん、夏紀は大好きだ。二人は大切な友達だし、同じ夏を経験した吹奏楽部仲間でもある。

だがその一方で、夏紀はみぞれに若干の苦手意識を持っていた。好きとか嫌いとかそうしたものとはまったく無関係な、ただそこにポツンと存在する苦々しい感情だった。

「みぞれにはとにかく報われてほしいの、うちは」

マイクを手のなかで転がしながら、優子が足先を微かに浮かせる。

「あの子、ずっと一生懸命やったやんか。ああいう子が報われてほしい」

「希美だって一生懸命やったけどね」

「希美とみぞれじゃ、一生懸命の種類が違うやん」

「それはなんとなくわかる」

「でしょ」

優子がフンと鼻を鳴らす。あぐらから姿勢を変え、夏紀は片膝を立てて座った。手を伸ばしてグラスの縁をつかむと、表面は濡《ぬ》れていた。落ちる水滴がテーブルに跡を残す。宝石みたいに光る水の粒を、夏紀はじっと見つめた。投影された過去の記憶が、透き通る膜のなかで静かに再生される。

＊

中学三年生のとき、夏紀と希美は同じクラスだった。南中は一学年が四クラスだったから、同じクラスになったことのない子もたくさんいた。そのころの夏紀のメイン友達は帰宅部や軽音楽部の子が大半で、希美や優子はサブ友達くらいの感覚だった。

そこまで多くしゃべったことはないけれど、友達の友達くらいの認識は互いに持っている。二人きりになったら普通にしゃべることはできるけれど、だからといって一緒に遊びに行ったりはしない。そのレベル。みぞれに至っては、存在すら知らなかった。多分、高校で吹奏楽部に入らなければ、ずっと知り合わなかっただろう。

正直に言えば、中学時代の夏紀は部活を熱心にやっている人間を毛嫌いしていた。『熱血』とか『根性』なんて時代遅れだと鼻で嗤《わら》うタイプだった。体育祭も合唱コンクールも面倒だと思っていたし、結果がどうなろうとどうでもよかった。

逆に、希美は学校行事に熱心に取り組むほうだった。ちゃんと練習していない男子を注意し、学校を休みがちな子にもこまめに声をかけていた。

「部長」

部活外でも、希美はそう呼ばれていた。その肩書きは彼女のような人間にふさわしいと夏紀は思っていた。吹奏楽部の部長、クラスの人気者。そんな希美を自分が目で追うようになったのは、中学三年生の冬。体育の授業中に設けられた休憩時間がきっかけだった。

夏紀たちが通っていた南中では、毎年一月の第三木曜日に大縄跳び大会が開催されることになっていた。クラスごとに男女に分かれて大縄を跳び、回数を競い合う。優勝したからといってとくに賞品があるわけでもなく、得られるのは名誉だけだ。

こんなことを一生懸命やって何になるというのだろう。グラウンドの隅で座り込んでいるイラスト部の女子数人を眺めながら、夏紀は大きくため息をついた。水筒のキャップをひねり開け、中身を口へ注ごうとする。希美が話しかけてきたのは、まさにその瞬間だった。

「夏紀は大縄跳び嫌い？」

　間近で声をかけられ、夏紀はとっさに水筒から口を離した。危うく中身をこぼすところだった。

「べつに、嫌いってワケちゃうけど」

　内心の動揺を隠しながら、夏紀は平静を装って答える。グラウンドの隅には、ほかの生徒も荷物を置いていた。脱水症対策で、体育の授業中の水筒の持ち込みは許可されていた。

「ってかなんなん？　突然」

　あのときの自分にそんなつもりはなかったが、もしかしたら警戒心が態度に出ていたのかもしれない。希美は吹奏楽部の友人たちと一緒にいるのが常だったから、なぜわざわざ短い休憩時間に自分に声をかけてきたのか不思議だった。

　夏紀の問いに、希美はニカッと白い歯を見せて笑った。学校指定の青色のジャージの胸元には『傘木』と名字が刺繍《ししゅう》されていた。

「べつに突然じゃなくない？　うちが夏紀にしゃべりかけたらあかん？」

「そんなつもりじゃないけど、びっくりしただけ」

「びっくりさせるつもりはなかってんけどなー」

眉尻を下げ、希美は頭の後ろをかいた。そうだろうな、と夏紀は思う。希美は何か企《たくら》みを持って行動するようなタイプじゃない。だからこそ近づきがたいな、とも思う。彼女から放たれる陽のオーラは、長時間直視するにはまぶしすぎる。

「夏紀さ、いっつも大縄跳びの時間、不機嫌な顔してるやん」

「べつに、そんなつもりはないけど」

「えー、絶対嘘！」

返事を待っているのか、希美はじっとこちらの顔を見つめている。夏紀は水筒の飲み口を指で拭うと、そのまま一気に中身をあおった。やかんで作った麦茶は、家の外で飲むと普段と味が違う気がする。

「大縄跳びっていうより、団体競技が嫌やねん」

「なんで？　みんなで協力してるって感じするやん」

「みんなでってって考え方がキモい。できひん人間が悪いみたいな空気になるのが嫌」

先ほどの練習でもそうだった。運動が苦手なイラスト部の女子たちは、何度も縄に引っかかっていた。ミスした子は繰り返し「ごめんなさい」と謝り、そのたびに周り

の女子たちが「いいよ」とか「気にしないで」と声をかける。とくに希美はフォロー
に力を入れていたと思う。空気が悪くならないように、ミスした子が落ち込まないよ
うに、多くの子に声をかけて部長らしい気遣いを見せていた。
あぁ、自分に声をかけてきたのもその一環なのか、と夏紀は腑に落ちた。希美はク
ラスメイトの苛立《いらだ》ちを察し、不和の種を取り除きに来たのだ。
「うちはクラスの雰囲気、そんなに悪くないと思うけどなぁ。和気あいあいって感じ
やん、誰かがミスっても責めへんし」
「いや、空気がいいとか悪いとか、そんなんはどうでもいいねん。ただ、ミスした子
が毎回謝らされてるのが不愉快」
「べつに誰かに謝らされてるわけじゃなくない？　自分から申し訳ないって感じてる
んやと思うけど」
「そもそも大縄跳びなんてもんがなければ、その子らは申し訳ないと思う必要すらな
いわけやん。縄跳びできひんかったら謝る？　はぁ？　って感じ。数学のテストの点
が悪くてクラスメイトに謝ることある？　絵が下手《へた》くそでごめんって言う？　なんで
運動になったら、できんことで謝らなあかんの？　大会本番もべつにゼロ回で構わへ
んやろ。中学生にもなってこんなことさせられるとか、マジでしょうもない」
思考を口に出すうちに、選ぶ言葉が過激になった。だが、それも仕方ない。本気で

そう思っているのだから。

夏紀の台詞に、希美は少し困ったように笑った。駄々っ子をいなす大人のような、呆れを含んだ笑いだった。

「夏紀って、めっちゃまっすぐやな」

「喧嘩《けんか》売ってる？」

「いやいや、素直にそう思っただけ。夏紀の言うことは正しいと思うよ。でも、現実に当てはめるにはちょっと正しすぎるかも」

「どういうこと？」

意味がわからず、夏紀は首を傾げた。希美が軽く目を伏せる。

「大勢の人間をまとめようと思ったら、正しいだけじゃ上手くいかへんことが多いと思うねん。相手の気持ちと自分の気持ちの折衷案を探っていくのが大事というか。学校の行事もそうでさ、大縄跳び自体に意味があるというよりは、そういう困難をみんなでどう受け止めて、どう乗り越えていくかを考える訓練なんちゃうかな」

「それ、部長としての意見？」

「いや、単なるうちの意見。でも、まとめる側とまとめられる側で見え方が違うってのは、部長をやったから感じるようになったかも。学校のルールって理不尽に見えがちやけど、悪の権化ってわけでもないんやでって」

「集団生活者っぽい意見やわ」

「夏紀だってそうやん。学校っていう集団の一員」

　希美の台詞に、夏紀は眉間に皺《しわ》を寄せた。それはそのとおりだが、夏紀はべつに集団の一員になることを自分から選んだわけじゃない。勝手に決められ、さらにはわけのわからないルールを押しつけられるだなんてまっぴらごめんだ。

「ぞっとする、その考え方」

「そう？　集団に属する以上、『やめる』っていうのは最後の手段やとうちは思うけど。いっぱいあがいて、ほんまに無理やって思ったときに初めて出てくる選択肢やん。最初から環境をすべて変えることなんて無理やし、まずは環境に合わせて自分を変えたほうが効率いい。続けていくうちに嫌なことも楽しく感じるようになるかもしれんしね」

　もっともな台詞だ、とは思った。共感はできないが、思考回路は理解できる。学校が好きだと言う人間は皆、希美のような思考をしているのかもしれない。現状に自分を適応させる能力が高い。

「希美って、めっちゃいい子やな」

「さっきの仕返し？」

「かもね」

肩をすくめ、自身のバッグの近くに水筒を置く。汗のにじんだ額を手の甲で拭い、夏紀は希美と向き合った。

「希美が心配せんでも、大縄跳びはちゃんとやるよ。不満はあるけど、台無しにしたろうとか思ってるわけちゃうから」

「そこは心配してへんよ。夏紀、意外と責任感ありそうやし」

「うちのこと全然知らんのにそんなことわかる？」

「わかるわかる。さっきの文句だって、イラスト部の子たちをちゃんと心配してるから出てきたんでしょ？」

「べつに、うちが勝手にムカついただけやけど」

「それを見て腹を立てるところが、責任感がありそうって思った理由」

高い位置で結った黒髪を指で弾き、希美はフフッと笑いをこぼす。グラウンドの中央では体育教師が「休憩終わりだぞー」と号令をかけていた。休んでいた生徒たちがぞろぞろと集合場所へと移動し始める。

「ほら、うちらも行こう」

そう言って、希美が前を指差す。夏紀がついてくることが当たり前だと思っている、無自覚な自信にあふれた声だった。抵抗するのも子供っぽく見える気がして、夏紀は素直に彼女の後ろを追いかけた。リーダーシップがあるとはこういうことか、とぼんやりと考えながら。

結局、この体育の授業のあとも、夏紀と希美の関係性はほとんど変わらなかった。険悪でもない、だからといって積極的に話すほどでもない程度の友達。大縄跳び大会は滞りなく終わり、夏紀たちのクラスは学年四クラス中三位という中途半端な結果となった。だが、クラスメイトの団結はこの行事によって一気に深まった——なんてことがあるはずもなく、以前の雰囲気とさして変わらないままに受験シーズンへと突入した。

そして卒業式の日、夏紀は大した感慨も抱かぬまま式典に参加した。偉い人の挨拶も、校歌斉唱も、卒業証書授与も、何もかもが面倒くさかった。

正直に言って、夏紀は卒業式に泣く人間に微塵《みじん》も共感できたことがなかった。小学生のときだって、中学生のいまだってそうだ。卒業のいったい何が悲しいんだろう。本当に仲のいい相手とは自分から会う約束を取りつければいいし、それ以外の人間はそもそも別れを惜しむような存在じゃない。

体育館にずらりと並ぶ生徒一人ひとりの様子を退屈しのぎに観察してみる。髪の毛を逆立てた不良男子は何度も鼻をすすっているし、感情的な性格の学級委員長の女子は意外にもクールな表情で壇上を眺めている。つまらなそうに欠伸《あくび》を噛み殺す男子、隣に立つ友人と顔を見合わせて笑う女子。

府外の高校に進学する子もいれば、友達の大半とともに地元の高校に進学するパターンもある。夏紀が受験した北宇治高校は、東《ひがし》中出身の子が全校生徒の五割を占める。南中の子も少なくはないが、圧倒的に多いというわけでもない。

中学時代の友人関係をそのまま高校に持ち越す子にとって、卒業式とはなんなのだろう。終業式くらいの感覚か。確か、吹奏楽部員の子たちは希美を含めて十人くらいが北宇治に進学するらしい。スマホを機種変更するときみたいな感覚であの子は友達も引き継ぎか、と横目でクラスメイトの様子をうかがうと、少し離れた場所で希美が泣いていた。背筋をまっすぐに伸ばしたまま、彼女はこぼれる涙を指先で何度も拭っている。

なんで？

真っ先に浮かんだのはシンプルな疑問だった。高校に行っても希美には友達がいるのに、どうして彼女は泣いているのだろう。式が終わっても、ホームルームが終わっても、家への帰り道ですら夏紀は希美のことを考えていた。

あのあと、教室が解散になってからも、吹奏楽部の面々は中庭に集まって写真を撮ったり寄せ書きをし合ったりしていた。希美の周りには後輩が集まり、贈り物を手渡していた。部活に入っていた生徒たちは花束を持っているからすぐにわかる。空っぽの手をごまかすよう、夏紀は自身の鞄《かばん》の取っ手を持ち直した。

有象無象の人間の群れをすり抜け、夏紀は足早に帰路につく。歩くたびに、鞄のなかにある卒業アルバムが揺れている。卒業アルバムの最後のページは白紙になっていて、寄せ書きができるようになっている。夏紀のもとにも友達が寄ってきて、カラフルなペンで長文を書き込んでいった。夏紀の卒業アルバムは数人の友達で五割ほどのスペースが埋められたが、希美の卒業アルバムは大勢の人間でごった返していた。なんやかんやで夏紀も書かされた。ページには一、二行の文章が隙間なく並んでいたが、そこに名前のある人間すべてが希美と親しかったのかどうかはわからない。

後輩からの寄せ書きも、花束も、夏紀はいまこの手に持っていない。

べつに、自分のこれまでの人生を悔やんだことなんて一度もない。ただ、喪失感なんてものが微塵も湧かないことに、どこか寂しさを覚えている。夏紀の中学校生活は、自分のために過ごした三年間だった。

自分の時間を他人に盗《と》られるのは嫌だ。だけど、すべての時間を自分に費やし続けるのはどこか虚《むな》しい。

そうなりたいとはちっとも思わないけれど、それでも心のどこかで希美のような学園生活に憧れている。わずらわしくないことを理由に選び続けた道は、障害物がなさすぎて、振り返っても味けない。

目を閉じると、瞼の裏に希美の後ろ姿が浮かぶ。揺れるポニーテール。踵《かかと》を最初につける、快活な歩き方。彼女のような人生を送ってみたいと少しだけ思う。夏紀だって一度はなってみたい、学校が好きな人間に。

北宇治高校の入学式当日。廊下に貼り出された夏紀のクラス名簿には、希美の名前も載っていた。夏紀は窓際の席で、希美は廊下側の席だった。そのころ夏紀の髪はまだ短く、ひとつに束ねたりもしていなかった。窓ガラスに映る自分の顔を見て、夏紀は毛先を軽くつまみ上げる。夏休みになったら金髪にしようかとか、ピアスを開けてみようかとか、そんなことを考えていた。

透明なガラスの向こう側に広がる、青と白のコントラスト。透き通る青空に、巨大な雲が寝そべっている。息を吸い込むと、未熟な春の匂いが肺の底でたぷんと揺れた。新生活、その言葉が息苦しい。無限の可能性を秘めてそうな響きが嫌だった。

「同じクラスやったんや」

ガタン、と机が揺れた。窓から視線を逸らすと、夏紀の机に両手をつき、身を乗り出すようにして希美がこちらの顔をのぞき込んでいた。

「うわっ」

「ボーッとしすぎちゃう？　何見てたん？」

「いやべつに」

髪の毛を耳にかけ、夏紀は唇の片端だけを吊《つ》り上げる。机の面積は、希美のせいでさらに狭くなってしまった。

「グラウンド？　陸上部に興味あるとか」

「単に空を見てただけ」

「ふうん、そうなんや」

「そっちは何？　急に話しかけてきて」

「いやいや、同じ中学の子が同じクラスになったらそりゃしゃべるやろ。うちら、二年連続でクラスメイトやで。運命感じるやん？」

そう言って、希美は自分と夏紀の顔を交互に指差した。中学三年生と高校一年生を同じ教室で過ごすというのは、確かにかなりのレアケースだ。

「ほかに南中の子はいいひんの？　吹奏楽部の子とか」

「菫《すみれ》は一緒やってんけど、ほかは別のクラスやねんなあ」

「菫？　あぁ、若井《わかい》さんね」

若井菫とは夏紀も中学一年生のときに同じクラスだった。ほとんどしゃべったことはないが、派手な白縁眼鏡が特徴的だったから顔だけはよく覚えている。

「菫はサックスがめちゃくちゃ上手いねん。高校でも一緒に吹奏楽部に入るって約束してってさ」

「希美も吹奏楽部に入るん？」

「そのつもり。みんなで入ろうって話してた」

「北宇治の吹奏楽部ってどうなん？」

「どうって？」

「上手いんかなって。南中ってそこそこ上手かったんやろ？　なんか、表彰されてたやんか。京都府大会で金賞とか、関西大会出場とかさ」

南中では、毎年二学期の始業式になると、吹奏楽部員たちが夏休みに行われたコンクールの結果を表彰されていた。夏紀は吹奏楽部の仕組みなんてさっぱり知らないが、それでも金賞が上手い学校に与えられる評価だということだけはなんとなく察していた。なんせ、金賞だ。下手なわけがない。

「うーん、自分たちは上手いと思ってたけど……」

希美はそう言って、頬にかかる黒髪を指先でかき分けた。困ったように両眉の端を下げる、その反応に困惑する。上手いよと即答されると思っていたから。

「夏紀は吹奏楽コンクールの仕組み、知ってる？」

「仕組み？　普通に、いちばんが金賞とかそういうのじゃないん？」

「吹奏楽部以外の人はそう思いがちなんやけどさ、じつは違うねん。そもそも金賞って一校だけじゃないし」

「え、そうなんや」

「コンクールに参加した学校は、金賞、銀賞、銅賞のどれかの評価が与えられる。金賞を取った何校かのうち、上位三校が関西大会に出場、さらに関西大会で上位三校が全国大会へって流れやなぁ」

「ふーん、大変そう」

野球みたいに試合の得点差で勝ち負けがわかるなら納得できるが、音楽の評価なんてどうやってやるんだろうか。無意識のうちに、夏紀は自身の顎《あご》をさする。自分の努力を他人に評価される世界って、なんだか息苦しそうだ。

「南中は、うちが二年生のころは関西大会行ってんけどさ、三年のときは全然あかんかってんなぁ。京都府大会で銀賞どまり。ダメ金ですらなくて」

「ダメ金？」

「あ、次の大会に進めへん金賞をダメ金って呼んだりするねん。うちの顧問はその呼び方はやめなさいって言うてたけどね、金賞への敬意がないって」

机に手を置いたまま、希美は脚を交差させた。落とされた希美の視線を、夏紀は目で追いかける。希美の指先が軽く握り締められた。力んだせいでできた影が、彼女の手のなかにある空洞を寂しげに見せている。

「悔しかってん、中三のコンクール」

伏せられた目と、微笑《ほほえ》みの形を作る唇。押し上げられた頬肉からは、希美が無理に笑おうとしていることが伝わってきた。

意外だった。あれだけ卒業式で泣いていたから、希美にとって吹奏楽部はいい思い出しかないのだと思っていた。

「じゃ、北宇治でリベンジするつもりなん？　南中の吹部の子らが北宇治に来たのもそういう理由？　部活のためにみんなで進学したとか」

夏紀の問いに、希美はキョトンと目を丸くした。見開いた双眸が、パチパチと瞬きを繰り返す。

「そんなわけないやん。部活で進学先決めるなら、普通に強豪校選んでるって」

「そうなん？」

「夏紀、南中の吹奏楽部員が何人いたか知ってる？」

「知るわけないやん」

「うちが部長だった代で八十三人。うちの学年はとくに多くて三十四人いた。で、例年だと南中の子は三割くらいが北宇治に進学する」

「つまり？」

「吹部の子らが進学したのも、べつにみんなで示し合わせたわけじゃないってこと。部活を基準に進学先を決める子って、普通に考えて少数派ちゃう？」

平然とそう言われ、夏紀は口をあんぐりと開けた。いや、それをアンタが言う？　と思わず本音が漏れそうになった。

　そもそも夏紀は、部活目当てに進学する子は相当な変わり者だと考えている。進学先を選ぶ基準は通学時間、校風、学力が重要だと思っているからだ。だが、希美のようなタイプは、大会でリベンジしたいという青春にふさわしいノリで学校を選んだっておかしくないと思っていた。なんせ、自分のような人間とは思考回路が違うのだから。

「じゃ、なんで吹奏楽部に入るんさ」

「そんなん、吹部があるからやん」

「アカン、意味不明」

「なんでよー、シンプルやん。たとえ北宇治じゃない学校に行ってたとしても、中学時代の吹奏楽部仲間が一人もおらんでも、きっとうちらは吹奏楽部に入ってたよって話。なんせ、音楽が好きやからね」

　ニカッと希美が大口を開けて笑う。夏の太陽を思わせる快活な笑顔に、夏紀の口からは勝手にため息が漏れた。自然と寄った眉間の皺を、夏紀は親指でぐりぐりと引き伸ばす。

「じゃ、北宇治の吹奏楽部が上手かろうとそうでなかろうと、どうでもいいってわけね」

「っていうか、ぶっちゃけ北宇治はめっちゃ下手なほうなんやけどさ、そんなんは自分たちが入ってからいくらでも変えていけばええやん。弱小校がのし上がる……それはそれで少年漫画みたいで楽しそうやろ？」

「はぁ、そりゃまたずいぶん前向きなことで」

「夏紀もどうよ」

「何が」

希美の手が動く。右手の人差し指が、まっすぐに夏紀の胸に突きつけられる。短く切りそろえられた爪、制服の袖口からのぞく白い手首。希美の身体のほんの一部分が、無性に夏紀の網膜に焼きついた。

「吹奏楽部、一緒に入らへん？」

明るい声だった。相手が承諾することを微塵も期待しない、ただ自分の希望だけを一方的に乗せた声。

「なんでうち？」

「夏紀と一緒だったら楽しいかなって思って」

雲の切れ間からのぞいた太陽が、机の半分を白く光らせた。窓から差し込む直射日光がとにかくまぶしい。夏紀はとっさに目を伏せたが、希美はニコニコと笑っている。

まぶしい、まぶしい。目が焼けてしまいそうなくらいに。だというのに、それを気にしているのは夏紀ばかりで、希美は気にする素振りすら見せない。

　これだから嫌なんだ、と夏紀は深いため息をついてみせた。日差しから身を守ろうと、左手で庇《ひさし》を作る。

「希美さ、誰彼構わず吹部に誘ってんでしょ」

「あは、バレたか。でも、夏紀が一緒だったら楽しそうってのはほんまやで？」

「アンタ、ほんまそういうとこ……」

　その先の言葉を声に出すのは憚《はばか》られ、夏紀はもごもごと口ごもった。それをどう勘違いしたのか、希美は慌てたように姿勢を正す。

「あ、もしかしてほかに入りたい部活とかあった？」

「べつにないけど。ま、強いて言うなら帰宅部」

「いやいや、それは部活ちゃうやん」

「部活に入るっていう選択を当然と思うのがそもそもおかしいでしょ。帰宅部だって立派な選択肢のひとつやし」

「帰宅部が立派な選択肢のひとつなのはわかる。でも、吹部だってそれは同じやん？」

「ハイハイ。わかったわかった」

何を言おうと、結局は勧誘につなげてしまうのだろう。呆れを隠さず返事をした夏紀を見て、希美は愉快げに笑った。

「うち、夏紀はパーカッションとか向いてると思うねんなぁ」

「パーカッションってどれ」

「打楽器のこと。ドラムとかティンパニとか」

「アンタがそう言うならそれだけはやんない」

「ってことは、それ以外の楽器ならちょっとはやる気になったんやな！」

ぐっと希美が親指を突き立てる。どうやら上手く言いくるめられてしまったらしい。さすが部長経験者と言うべきか、希美はイイ性格をしている。決して「性格がいい」という意味じゃない。

「部活体験は一緒に行こうな」とうれしそうに告げる希美に、夏紀はやれやれと肩をすくめる。断ることもできたのにそうしなかったのは、夏紀自身、振り回されることに心地よさを感じ始めていたからだった。

そして結局、夏紀は吹奏楽部に入ることにした。希美の勧誘が理由のひとつではあるが、最大の決め手は北宇治の吹奏楽部が弱小であることだった。

練習はあるにはあるが、べつに必死にやらなくてもいい。サボっている先輩も多いし、コンクールや演奏会に本気で挑むつもりがない。その生ぬるさが夏紀の目には快適そうに映った。もしも強豪校のような厳しい練習スケジュールだったら、夏紀は絶対に入部しなかっただろう。部活動に興味はあったが、だからといって自分の高校生活の大半をそこに捧《ささ》げるつもりは微塵もなかったから。

入部して初めて知ったのだが、吹奏楽部にはさまざまな楽器が用意されていた。夏紀が名前を知っていたのは、トランペット、トロンボーン、ホルン、サックス、フルート、クラリネットあたりだ。パーカッションも、希美から聞いたため知っていた。だけど、世の中にはもっとたくさんの楽器があった。

たとえば、ユーフォニアム。夏紀に割り振られた金管楽器だ。歴史的に見ると比較的新しい楽器で、知名度はやや低め。北宇治では巨大な金管楽器チューバ、巨大なバイオリンみたいな見た目をしているコントラバスと合わせて「低音パート」とひとまとめにされていた。

「初心者ちゃんは、これやっとけばとりあえず大丈夫」

そう言って夏紀に楽譜を渡してきたひとつ上の先輩——田中《たなか》あすかは、全学年の部員たちから一目置かれていた。楽器も上手い、頭もいい、さらにはやたらと口が回る。その先輩さえいれば、低音パートには何ひとつ困った問題は起こらなかった。同じ学年の友人たちは優しい性格で、揉《も》め事もほとんどなかった。

とても緩やかな日々が続いていた。少なくとも、低音パートでは。

「はぁー、まじでムカつく。ありえん。なんなんあの先輩たち」

夏紀の少し前を歩く優子が、隣に並ぶ友達に愚痴をぶつけている。手入れの行き届いた髪は内側に向かって緩やかに巻かれていた。フリルのついた白のクルーソックス、手首に巻かれたピンク色のシュシュ。

吉川優子という人間は、非常に洗練された容姿をしている。普段の夏紀なら進んで仲良くしようとはしないタイプの、キラキラした見た目の女子だ。気が強く、正義感も強く、よくも悪くも集団を引っ張っていくタイプ。中学時代はトランペットパートのパートリーダーだったことを夏紀が知ったのはこのころだった。

「三年生やからって調子乗りすぎやねん」

「テンション下がるー」

「合奏のときの音合わせがいちばんきつい。音程ィ！　っていう」

「わかるー。なんでこれで気にならへんの？　って、つい言いたくなる」

道を歩くにしても九人となるとそこそこの大所帯だったが、通学路を歩く生徒が多いせいで大して目立ってはいなかった。優子や希美が友人たちとしゃべっている姿を、夏紀はいちばん後ろから眺める。夏紀の隣を歩くみぞれは人見知りな性格で、帰り道にずっと無言ということも珍しくなかった。

今年の吹奏楽部の一年生はそれほど仲がいいというわけではなかったが、南中出身者の仲間意識だけは異様なほど高かった。――いや、逆か。南中出身者が固まってグループを作っているせいで、一年生部員全体の人間関係にやや偏りが生まれている。

部活の行き帰りも、南中の面々は一緒に行動することが多かった。今年の南中出身の一年生は九人で、夏紀を除いた八人が経験者だった。しかも中学時代に関西大会出場を果たしているだけあって、どの子も演奏が上手い。サボりが当たり前の北宇治の吹奏楽部で、ここにいる夏紀以外の八人が先輩に目をつけられるのは致し方のないことだった。

「まぁ、顧問があれやしなぁ」

「三年に完全に舐《な》められてるやん」

「それがあの人なりの処世術なんでしょうよ」

「はー、副顧問が顧問になってくれたらええのに」

「そんなんしたら今度は三年が暴れ散らして収拾つかんでしょ。ってか、いまの三年は顧問を懐柔することで副顧問に対抗しててんねんから。顧問と三年生は、副顧問が口出ししないようにするって方向では利害が一致してる」

「マジでめんどくさー」

好き勝手しゃべる友達に、希美が苦笑しながら相槌を打っている。北宇治の吹奏楽部の顧問は梨香子《りかこ》先生という二十代後半の女性教師で、やる気のない三年生部員によく振り回されていた。先生というよりは友達みたいな距離感で接する生徒のほうが多かったように思う。生徒に嫌われないことに特化したコミュニケーションの取り方は、夏紀の目には滑稽に映った。

副顧問の松本《まつもと》先生は五十代のベテラン音楽教師で、とにかく厳しいことで有名だった。本来ならば顧問になるべき存在なのだろうが、家庭の事情で副顧問に納まっているらしい。吹奏楽部にあまり介入しないのは、顧問である梨香子先生に気を遣ってのことだろうという噂《うわさ》もあった。梨香子先生は松本先生がいると露骨に萎縮していたからだ。そんな大人の事情、こちらからすると知ったことではないのだけれど。

南中出身の一年生たちは、梨香子先生を軽蔑していた。実際にそう言っているところは見たことがなかったが、その感情は普段の言動からありありと伝わってきた。

夏紀の先を歩きながら、友人たちが笑い合う。

「『みんなが仲のいい部活にしましょう』ってなんやねん」

「注意くらいしてくれてええよな？」

「ほんまそれ。顧問があんな態度やったら、そりゃ三年も調子乗るっての」

不平不満が噴出しているのは、今日の職員室での出来事のせいだろう。夏紀たちが入部して二週間がたつ。ため込み続けた不満が爆発した結果、ここにいる数人が職員室に乗り込み、三年生の練習態度について梨香子先生に直談判《じかだんぱん》したらしい。皆の言い様を聞くに、真面目に取り合ってくれなかったようだが。

文句を言い合うメンバーとは対照的に、隣にいるみぞれは黙りこくったままだ。重い前髪の隙間から、眠そうに瞬きを繰り返す両目がのぞいている。

「みぞれも行ったん？」

夏紀の問いに、みぞれは緩慢な動きでこちらに顔を向けた。

「どこに？」

「職員室に」

「なんで？」

話を聞いていなかったのだろうか。疑問符だらけの返事に、夏紀は嘆息する。

「菫たちが先生に直談判しに行ったたって話してたから」

「知らない」

「あ、そうなん？　まぁ確かに、みぞれが誰かに怒ってるところってあんまり想像できひんなぁ。先輩とは上手くやれてる？」

「オーボエに先輩はいない」

「あぁ、そうやっけ」

「うん、そう」

みぞれがコクリと首を縦に振る。初めてみぞれと話したとき、その返事のあまりの素っ気なさに嫌われているのではないかと思った。だが、これがみぞれの素であることはすぐに察せられた。ほとんどの人間に対して、みぞれの表情筋は動かない。無表情で無口。それが多くの人間が持つ鎧塚みぞれに対するイメージだろう。

「みぞれの楽器ってさ、変わってるよな」

「そう?」

「オーボエってなんか、ほかの楽器と違うイメージ」

夏紀がオーボエという楽器の存在を知ったのは、吹奏楽部に入ってからだ。木管楽器のなかでもオーボエとファゴットはかなり高額な部類に入る。オーケストラには大勢いるのに、吹奏楽だと少数だ。学校によってはないところもあるらしい。北宇治だって、オーボエパートはみぞれ一人しかいない。

そんな高額なオーボエを、みぞれは中学のときに両親に買ってもらったらしい。彼女が持ち歩く楽器は北宇治の備品ではなく私物だ。

みぞれは少し考えるように黙り込み、それから言った。

「ダブルリードだから」

「何? ダブルリードって」

「吹くときにリードを二枚使う」

「ふーん、それってなんか特別なん?」

「特別じゃない。でも、仕組みが違う」

しくみ、と発するみぞれの声はどこか機械じみていた。抑揚がなくて平板で、その奥に潜む感情を見透かせない。

中学時代、みぞれはどのような学校生活を送っていたのだろう。同じ学校に通っていたはずなのに、彼女のこれまでの人生がまったく想像できない。友達が多いほうには見えないが、かといって仲間外れにされているわけでもない。吹奏楽部という枠組みのなかに確かに存在していて、皆から仲間の一人と認識されていて、なのに特別仲のいい友達がいるようには思えない。

不思議な子だ、と夏紀はみぞれを見るたびに思う。人間味がなくて、どう扱っていいのかわからない。

「みぞれってさ、なんでオーボエ選んだん?」

問いかけに、みぞれの瞳がそろりと動く。闇色をした瞳に、前を歩く希美の後ろ姿が映り込む。

「希美が言ったから」

「オーボエをやれって?」

「違う。吹奏楽部に入らないかって」

反射的に息を呑《の》んだ。立ち止まりそうになった自分の足を、夏紀は意図的に動かした。希美はこちらを見ていない。こちらの話も聞いていない。

「みぞれと希美は幼馴染《おさなな》《じ》みなん？」

「違う」

「じゃあ友達？」

「多分」

「曖昧な答えやな」

夏紀の言葉に、みぞれは唇を軽く引き結んだ。その眉間に微かに皺が寄ったのを見て、夏紀は少し意外に思った。たまには人間らしい顔もするらしい。

「……希美といられるだけでいい」

「え？」

小さくつぶやかれた言葉を、夏紀の耳はしっかりと掬《すく》い上げてしまった。目を伏せたまま、みぞれは静かに首を横に振る。

「なんでもない」

「おお、なんでもないかー」

そんな台詞でごまかせるようなものじゃない。そう思いつつも、夏紀はごまかされたフリをした。正直に言えば、引いていた。友達が友達に向ける感情にしては、少しばかり重すぎる。

「ちょっとアンタ、みぞれに変なこと言うてるんちゃうやろね！」

急にこちらを振り返った優子が、列を乱してまで夏紀とみぞれのあいだに割り込んできた。前方の列は、いまだに先輩への悪口話に花を咲かせている。

「べつに言ってませんけど？」

「信用できんな。みぞれもコイツに変なこと言われたら無視していいからね？」

「わかった」

「わかるなわかるな」

コクリと素直にうなずいているみぞれを見て、夏紀は自然とこめかみを押さえた。単純にウマが合わないのか、入部してからずっと優子は夏紀に突っかかってくる。いや、最初にからかい始めたのはこちらからだっただろうか。事の発端の記憶は曖昧だが、優子との会話は騒がしくなりがちだ。

「もー、夏紀はほんまに油断も隙もないんやから」

「アンタが勝手に警戒してるだけでしょ」

「夏紀みたいなタイプにみぞれが染まったら嫌やんか」

「どういう意味よ」

「言葉どおりの意味ですけどぉ？」

「それを言ったらアンタみたいなやつに染まるのもヤだけど。『香織《かおり》先輩ぃー』って黄色い声ばっか出してさぁ」

「それはしゃあないやん！　香織先輩ってばうちのパートのオアシスなんやもん。はぁー、さっさと三年がおらんくなって香織先輩の天下が来てほしい……」

「これだからアホは」

「はぁ？」

唇をとがらせる優子を、みぞれがぼんやりと眺めている。優子が口にした香織先輩というのは、トランペットパートのひとつ上の先輩だ。真面目に練習し、とにかく優しい。ほとんどの一年生部員に慕われているが、そのぶん三年生からは「いい子ちゃん」と疎まれている節がある。

「低音パートだって、二年生が支えてるとこあんじゃん。あ、あの人はオアシスなんて生ぬるいもんじゃないか」

「低音王国……田中あすかの縄張りねぇ」

揶揄《やゆ》混じりの異名を夏紀はそっと舌に乗せた。二年生の田中あすかは夏紀と同じくユーフォニアムを担当している。ユーモアがあって、視野が広くて――そして他者の干渉を許さない怖さをまとった先輩だった。三年生部員ですら彼女には手を出せない。

そういう聖域。そしてその聖域は、他者への無関心が土台となって構築されている。

現在の吹奏楽部は七十人ほど部員が在籍しているが、集団の定めなのか、思惑があちこちで錯綜《さくそう》している。現状維持を掲げる三年生、改革を求める一年生、そして板挟みの二年生。

入部時のオリエンテーションを受けたとき、次々と紹介される楽器を見て心理テストのようだと思った。何を吹こうと目立つトランペット、ハーモニーを重視するホルン、軽やかな音を紡ぐフルート、それぞれの役割が違うパーカッション。楽器の持つ役割と、そこに集まる人間は似通う部分がある。縁の下の力持ちの低音パートの人間は、支えるのが好きなタイプか目立つことにこだわらないタイプが多かった。

どちらも自分には当てはまらないと夏紀は思う。というのも夏紀の場合、自分からユーフォを選んだわけではないからだ。楽器なんてなんでもいいと素直に自己申告した結果、倍率の低いユーフォニアムに回された。

温厚な人間の多い低音パートでは、目立ったトラブルは起きていない。あすかがそれとなく境界線を引いているせいで、他パートからの介入もない。揉め事に首を突っ込みたくない。楽器を吹ければそれでいい。低音パートが貫くスタンスは、いまの北宇治吹部内では明らかに異質だった。

「優子的にはやっぱサボりまくってる三年ってウザいの？」

「そりゃウザいでしょ。でもまぁ、郷に入《い》っては郷に従えって言うからここで文句言うだけで我慢してる。三年軍団が卒業してくれるのを待ってるってわけよ」

「待つっていってもあと一年でしょ？　長くない？」

「こればっかりは集団の宿命だからしゃあない。最初から強豪校を夢見て北宇治に来たわけじゃないし」

「ふうん」

意外と冷静なのか、と夏紀は密かに優子を見直した。直情型だと思っていたが、頭を使うこともできるらしい。

「真面目にやるのがダサい的なノリされると、正直ムカつくけどね」

歯と歯の隙間から、優子がちょこんと舌先を突き出す。その台詞にぎくりとしたのは、自分自身にも心当たりがあったからかもしれない。知らず知らずのうちに、バッグの持ち手をつかむ指に力がこもる。

口を開く。夏紀は何かを言おうとし、だけどそれを遮ったのはパンという乾いた破裂音だった。夏紀と優子がとっさに音の発信源へと顔を向けると、希美が両手を叩き鳴らしたところだった。

「まあまあ！　そうはいってもまだ四月やろ？　ちゃんと話していけば、三年の先輩たちもいつかはわかってくれるって」

ニカッと希美が白い歯を見せて笑う。部長職の名残を思わせる言い方だった。やいやいと文句を言い合っていた残りの部員たちが、互いに顔を見合わせる。

「やとええけどさぁ」

「希美ってば相変わらずポジティブ」

「さすが部長」

肩を叩かれ、「もう部長じゃないって」と希美が満更でもない表情で応じる。攻撃的だった空気は霧散し、彼女たちの話題は明日の英語の小テストへと切り替わった。

希美に言われたら仕方がない、そうしたメッセージが言外に含まれた反応だった。きっとこれまでもそうだったのだろう。彼女たちの手綱を握っているのは希美で、最後の一線は越えさせない。

――大勢の人間をまとめようと思ったら、正しいだけじゃ上手くいかへんことが多いと思うねん。

中三の体育の授業でのやり取りが、不意に夏紀の脳裏に蘇《よみがえ》る。希美は夏紀の知らないことをたくさん知っている。優子も、みぞれも、ここにいる人間は皆同じ経験をしてきたはずだ。

南中の吹奏楽部の三年間。積み重ねられた思い出を、この場で夏紀一人だけが共有していなかった。

放課後、練習時間の廊下を歩く。吹奏楽部の練習は複数の教室を借りて、パートごとに分かれて行う。基本的には個人練習で、たまに合奏練習が入る。梨香子先生が指揮棒を振り、皆で本番用の曲を演奏する。

生徒のはしゃぐ声。外れっぱなしのトロンボーンの音色。室内から聞こえる三年生部員の笑い声。配られるトランプと、床に散乱する誰かのメイク道具。

それらはすべて、夏紀の友人たちが嫌っているものだ。パート練習の時間に雑談ばかりなのが嫌だ。ちゃんと練習してくれないのが嫌だ。それなのに本番は目立つパートをやりたがるのが嫌だ。下手なままで本番を迎えるのが嫌だ。それで平気な顔をしている先輩たちが嫌だ。嫌だ。嫌だ。

自分の足音と、頭のなかの言葉が重なる。手に提げていたユーフォを下ろし、夏紀はなんとなく窓枠に手をかけた。開け放たれた窓からは生ぬるい風が吹き込んでくる。まだ五月。だけど、もう五月だ。他人からの愚痴を聞き続けるのも三週間続くといささかうんざりしてくる。自分のため息が目立たないように、夏紀は風のなかにそっと吐息を混ぜた。

夏紀以外の南中出身の子たちから見る北宇治吹部は、「嫌だ」のオンパレードだ。きちんと練習して他人に聞かせられるレベルにしたいと、いつも話しているのを知っている。

だけど夏紀は心の隅で、このままでもいいんじゃないかと思っている。たとえばこれが軽音楽部だったら。普段はダラダラして、たまに音合わせして……そうした活動のあり方も許容されるような気がする。吹奏楽部だって同じだろう。ただの部活なんだから。

なぜ、優子たちは一生懸命にこだわるのだろうか。部活で全力を尽くすことが、唯一の正解なのか。

そこまで考えて、夏紀は一人頭を振った。いや、本当はわかっている。こだわるかこだわらないかの話ではなく、耐えられるか耐えられないかの話なのだ。

世の中には、自分がいい方向に進んでいないと耐えられない人間がいる。努力しないことが嫌だ。怠惰に過ごすのが嫌だ。下手なままは嫌だ。このままでは嫌だ。

その思考は間違いなく正しいが、窮屈だ。はみ出る人間が確実に出てくる。努力しないことに耐えられる人間は、耐えられない人間が何を不快に感じているのか理解できない。北宇治の三年生と一年生の隔たりの原因は、きっとここにある。

何かをやるうえで全員が同じように上昇志向を持っている環境なんて、人工的に作らない限りはありえない。そして、いまの北宇治の吹奏楽部にはそんな環境を作れるような大人がいない。

「吹部に入ったの、失敗やったかな」

口からこぼれた言葉が日差しのなかに溶けていく。上靴に包まれた爪先で、夏紀は廊下を軽く叩いた。

「寂しい独り言だね」

まさか聞かれていたとは思っていなくて、夏紀は慌てて振り返った。夏紀のすぐ後ろに、トランペットを手にした中世古《なかせこ》香織が立っていた。まずい内容を聞かれたことに、一瞬にして血の気が引く。引きつる頬を無理に抑え、夏紀は唇を軽く弧にゆがめた。

「すみません、単なる愚痴です」

「謝ることないよ。こっちが勝手に聞いちゃっただけだから」

優子が心酔するひとつ上の先輩、中世古香織は静かに夏紀の隣に並んだ。彼女の制服からはしっとりとした甘い香りがする。

「中川さん、あすかと同じパートでしょ？　何かつらいことあった？」

「あ、いやぁ、大したことじゃないですよ」

不満をごまかすように、夏紀は自身の髪をガシガシとかき混ぜる。香織のことは少し苦手だ。彼女からは、善良な魂の気配がする。圧倒的な自己肯定感、他者への慈しみ、正しい道徳心。遠巻きに見ている夏紀でもそれらを感じるのだから、間近にいる優子はそうした善のオーラを真っ向から浴びせられているのだろう。

「中川さんは高校から吹奏楽部に入ったんだよね？　入部の理由、聞いてもいい？」

「なんとなくですよ」

うなじにかかる髪を指先でつまみ、夏紀は自然と視線を落とした。本当の理由を親しくない先輩に告げるのは、こっぱずかしくてためらわれた。

「辞めないでね」

「え？」

かけられた言葉に驚いて顔を上げる。こちらを見下ろす香織の眼差《まなざ》しは優しかった。形のいい唇を静かにしならせ、香織は美しい微笑を浮かべる。

「部活、途中で辞めちゃうのはもったいないから」

「いやいや、辞めるつもりはないですよ」

「それならよかった。北宇治ってサボってる部員が多いけど、部活を辞める子はほとんどいないの。いまの一年生の子たちの何人かは〝ぬるま湯〟って怒ってるみたいだけどね」

何人か、という表現に含みを感じる。釘《くぎ》を刺されたのだろうかと夏紀はたじろいだが、香織の表情に変化はなかった。世間話のつもりなのかもしれない。

「中世古先輩はいまの北宇治でいいと思ってるんですか？」

「私がどう思うかはあんまり重要じゃないかな。中川さんは、みんながもっと練習してくれたらいいのにって思ってるの？」

「あー、いや、私っていうか……」

ごまかすように、夏紀は顔を逸らす。窓の下では軽音楽部のクラスメイトが中庭の端っこで立ち話をしているのが見えた。

「私、吹奏楽部に入ってたことがないから、どれが普通なのかよくわかんないというか。上手くなりたいっていう漠然とした目標でみんながやる気を出すのは、無理があるんじゃないかって思うんですよね」

「目標ならあるよ。吹奏楽部の場合、夏に行われる全日本吹奏楽コンクールがある」

「でも北宇治は去年も府大会で銅賞だったって聞きましたけど」

希美からの受け売りをそっくりそのまま伝えると、香織はどこか困ったように眉尻を下げた。その指が、トランペットのピストンを戯れのように押している。

「うちの部はコンクールで結果を出すことが目標なんじゃなくて、出ることそのものが目標なの。コンクールのA部門には人数制限があって、北宇治は毎年学年順にメンバーが選ばれる。三年生は確実に出られるから、そこで思い出を作るって感じかな」

「ってことは、一年はどんなに上手くてもコンクールに出られないんですか？」

「そこは編成の問題だと思うよ。たとえばオーボエの子はまだ一年生だけど、ほかに担当者がいないから確実にAメンバーになるはずだし。逆に先輩の人数が多いパートだと一年生が舞台に出ることはまずないかな」

なるほど、これが優子たちの不満のいちばんの原因か。無意識のうちに、夏紀は自身の顎をさする。南中の吹奏楽部は実力主義で運営されていたそうだから、北宇治の現状に耐えられないのだろう。

「本当は、頑張ってる子がきちんと報われる環境がいいんだろうけどね」

香織はそう言って、口元に手を添えて小さく笑った。なぜそこで笑うのか、夏紀には理解できなかった。

「中川さんはコンクールに出たい？」

「私はまぁ、そもそも無理なんで。初心者ですし。実力的に考えても全然追いついてないし」

「そうかな」

香織が微かに首を傾げる。絹のような髪が彼女の肩の上を静かに滑った。

「出たいかどうかと出られるかどうかは別の話だと私は思うけど」

たとえそれらが別問題だとしても、結局出られないのならば考えたって意味がないと思う。だが、それを目の前にいる先輩に告げるのは憚られた。香織のまとう空気はあまりに清廉で、夏紀のような悪人にはどう扱っていいかわからない。

口をつぐんだ夏紀に、香織はますます頭を傾けた。こちらの反応を待っているのは明らかだった。気まずさをごまかそうと、夏紀は手持ち無沙汰な右手で自身の左肘をつかむ。藍色のセーラー服の袖は、日光を吸ってほんのりと熱を持っていた。

「ちょっと香織、うちの後輩をいじめんとって？」

唐突に現れた影が、夏紀の身体をすっぽりと呑み込む。とっさに振り返ると、同じパートの先輩である田中あすかが馴れ馴れしく夏紀の肩に手を置いていた。近すぎる距離のせいで、垂らされた長い黒髪が夏紀の首筋をくすぐっている。

「もう、いじめてないって。どっちかって言うと、いじめてるのはあすかのほうじゃない？　中川さん、困ってるよ？」

「夏紀は喜んでんねんな？　こーんなに素敵な先輩が話しかけてきてさ！」

「いや、普通に困ってますけど」

「やーん、つれへんわぁ」

夏紀から手を離し、あすかは仰々しく肩をすくめてみせた。通った鼻筋にかけられた赤い眼鏡、そのレンズの向こう側で綺麗《きれい》な双眸がいたずらっぽく細められる。

「まぁでも、他学年と交流を深めるってのはええことやわ。夏紀の代の南中組、仲良しすぎてちょっとキモいからな」

「あすか、言い方を考えて」

香織がとっさにたしなめたのは、間違いなく夏紀に気を遣ってくれたのだろう。眼鏡のフレームを小指で持ち上げ、あすかはフフンと吐息混じりの冷笑をこぼした。

「だってほんまやん？　勝手によその人間関係持ち込んで、ああでもないこうでもないって主張してさぁ。あんなやり方じゃ、クーデターは失敗するやろな。もっと頭を使わんと」

「そこまで言うならあすかが力になってあげたらいいのに」

「なんで？　うちはべつに、自分に迷惑がかからんかったらそれでええし。低音パートは平和やし問題ないやんなー？」

な、夏紀。語尾につけ足された呼びかけに、夏紀はごくんと唾を飲み込んだ。夏紀が悪人だとすれば、あすかは極悪人だ。香織のような善良な人間がなぜいつもあすかと一緒にいるのか、夏紀には理解できない。

「集団ってのはパンドラの箱。こじ開けるつもりなら、そのあとどうなるかの覚悟もしとかんとね？」

口端を吊り上げ、あすかは悪魔じみた笑みを浮かべる。「一年生にいじわるしないであげて」と香織が先輩らしい言い回しで注意した。香織が夏紀をかばってくれる理由はなんなのか、天使のように優しい先輩の横顔を見上げながら夏紀はぼんやりと考える。そのとき、あすかのほうに顔を向けていた香織が唐突にこちらを見た。優しさで覆われた視線が夏紀をまっすぐに射抜く。

「中川さんも、あすかの言ったことは気にしすぎないようにね。この子、人をからかうのが好きだから」

「本当のこと言っただけやのにぃ」

わざとらしく拗《す》ねた態度を見せるあすかに、香織が諦めたように笑う。香織の視線が自分から逸らされたことに、夏紀はそっと安堵《あんど》した。

「自分が第一」の主張をぶつけてくるあすかよりも、香織のほうが夏紀は怖い。無条件の優しさを感じるたびに胃の奥がソワソワして、いたたまれない気持ちになる。だけどそんなことを口に出せるはずもなく、夏紀は「ありがとうございます」と二人の先輩に会釈した。お気遣い、という言葉が抜けてしまったが、二人は正確に夏紀の謝辞の意味を理解したようだった。


——集団ってのはパンドラの箱。

五月の放課後に告げられたあすかの台詞を、夏紀は事あるごとに脳内で反芻《はんすう》していた。

九人で歩く通学路。一緒に食事をする部活の昼休み。和やかな空気のなかに、ときおり混じる不穏な空気。周りの友人たちは部活環境の向上を諦めることなく、三年生への働きかけを続けていた。このころになると同じ一年生でも、それを好意的に受け取る人間と否定的に受け取る人間とに分かれていた。夏紀だって、会話では皆に合わせながらも、心の隅では現状維持でも構わないと思っていた。だって、〝一生懸命〟は面倒くさいから。

そして夏休みになった最初の週、コンクールの準備が始まりつつあるその時期に、一年生と三年生の亀裂は決定的なものとなった。

「どうして香織先輩がAメンバーじゃないんですか！」

コンクールのA部門の出場メンバーが発表された直後に、サックスの一年生――菫が叫んだ。音楽室には部員全員が集まっていて、三年生部員がメンバーを発表していた。顧問はその場にいなかったが、夏紀は北宇治ではそういうものだと教えられていたから違和感を抱くことすらなかった。

トランペットの三年生は疎ましそうに眉間に皺を寄せると、「何言うてるん」とため息混じりに言った。

「最初から学年順やって言うてたやろ」

「こんなのおかしいじゃないですか」

「何がおかしいか言うてみ？　みーんな正しく順番こ、完璧な平等やんか。香織だって来年になればコンクールに出られる。これが北宇治の伝統や」

「でも、ほかの二年の先輩だって三年より真面目にコツコツやって、上手い人はいっぱいいるじゃないですか。実力を無視した編成なんて、そんなん横暴すぎますよ」

「ほんまにそうか？　楽器を経験した年数も違う、過ごしてきた環境も違う。そんなやつらで実力勝負すること自体がそもそも不平等とは思わへん？　三年になれば絶対にコンクールに出られる。それってそんなに怒るようなことか？」

言い放たれた言葉は、反抗心を抱く一年生への牽制《けんせい》でもある。夏紀は隣に立つあすかを一瞥した。頭のいい彼女が何か反論してくれないものかと思ったが、彼女はどうでもよさそうに手元にある楽譜をめくっていた。早く終われと思っていることがありありと伝わってくる表情だ。

「ええか？」と三年生部員が南中出身の一年生たちの顔を順に見ていく。

「うちの部活はもともと上を目指してへんねん。やのに練習しろとかどうとか毎度毎度うるさく言って、うちらじゃなくてアンタらが部内の秩序を乱してんのがなんでわからへんの？　空気読んでよ。みんな迷惑に思ってるで」

三年生の主張に、反論する人間はいなかった。かばわれた香織でさえうつむいて黙っている。迷惑。その二文字に塗りたくられた不快さが、夏紀の喉をじわじわと熱で焼いていた。

そんな言い方はあんまりじゃないか。そう思ったのに、口のなかがカラカラに乾いて声ひとつ出せなかった。どうしていいかわからなかった。だって、もしも真面目に頑張ろうと主張する人間が夏紀の親しい友達でなかったら、夏紀はきっとそいつらのことを面倒なやつらだと感じてしまう。夏紀の性格の根っこの部分は、結局はそうなのだ。

希美たちよりも、三年生たちに近い。

夏紀は目を伏せた。唇を軽く噛み、ただ時間が流れるのを待つ。自分にあすかと同じくらいの図太さがあれば、手遊びくらいできたのかもしれない。だけど現実の自分は無様にうつむいたままだった。

早くこのミーティングが終わりますように、そう願うだけの自分が嫌だった。

その日の帰り道、優子はノンストップで三年生への悪口をまくし立てていた。ほかの部員たちもそれに同調し、悪口大会は大いに盛り上がった。

「ってか、なんなんあの言い方」

「なんで誰も言い返さへんのやろね」

「香織先輩がメンバー入りしてないとか、どう考えてもおかしいやろ」

「梨香子先生もちゃんと指摘してくれたらいいのに」

「あの人には無理。実力主義にしたところで、それを回していく力がない」

「梨香子先生の指導力やったら、ぶっちゃけうちらのほうが上よな」

「ほんまそれ」

次々に飛び交う愚痴は一向に尽きる様子がない。いつもならば希美が止めに入るところだが……と前を歩く希美の様子をうかがい、ゾッとした。普段ならば快活な笑みを浮かべているその顔から、すっぽりと温度が抜け落ちている。彼女はただ、前を向いていた。悪口に同意することもなく、だからといってなだめるわけでもなく、一人黙って前へと歩き続けている。

置いていかないでくれよ、なんて妙に感傷的な台詞が舌先まで込み上げた。夏の日差しに焼かれて、額からは汗がにじんだ。頬を滑り、顎を伝い、そして地面へと滴り落ちる。それが無性に腹立たしく、夏紀は乱暴な手つきで自身の汗を拭った。

ジージジジジ。壊れたモーター音のような蟬《せみ》の鳴き声が繰り返し鼓膜に突き刺さる。それをうるさいと簡単に振り払えたらよかったのに。実際の夏紀は何もせず、ただ希美の背中を呆《ほう》けた面《つら》で眺めている。夏紀には希美の思考の深い部分を察することなんてできやしない。

だって、このなかで自分だけが中学三年間をともに過ごしていないのだから。

「私、明日から一人で部活に行く」

思考にふけっていた夏紀の意識を現実に引き戻したのは、後方から聞こえた平板な声だった。皆が振り返る。それまで物も言わずに最後尾を歩いていたみぞれが、いつもの無表情でこちらを見ていた。いや、正確に言うと、彼女もまた前を向いていた。

みぞれは言う。いつもどおり、感情のない声で。

「Aメンバーだから、みんなとは別の練習がある」


その翌日から、九人だった行き帰りのグループは八人となった。奇数じゃなくなったグループは、一緒に行動するには収まりがよかった。二人ずつになれば、誰かが一人になることはない。

Aメンバーとそれ以外では活動がまったく違い、後者はもっぱらパート練習室で暇を潰した。夏紀は基礎練をコツコツやるタイプではないから、窓の外をぼんやりと眺めたり机に突っ伏して寝たりすることに多くの時間を費やした。サボっていても誰も注意してこなかった。北宇治ではそのあり方が許容されていたから。

Aメンバーの発表以降、夏紀たち南中出身の一年生への三年生からの風当たりはさらに強くなった。夏紀自身は表立った抵抗はしていなかったのでそこまでひどい目には遭わなかったが、周囲の人間は三年生にあからさまに無視されたりしていた。裏で彼女たちをかばおうとしてくれた二年生たちがいたことは知っている。香織もいろいろと動いてくれたようだが、なんの力にもならなかった。学年が絶対的な価値観の組織で、二年生が三年生に何を言おうと無駄だった。

もしもそれを覆せる存在がいるとするならば、学年の垣根を越えて一目置かれている田中あすか以外はありえなかった。だが、夏紀の直属の先輩であり、唯一のユーフォニアムの二年生は、それに関する一切の干渉を行わなかった。いつだって、あすかは他者に無関心なのだ。そしてそれこそが、あすかが特別視されている理由のひとつでもあった。

「吹部を辞めようと思う」

そう菫が言い出したとき、夏紀はついにこのときが来たのだなと思った。時間の問題だとはうすうす察していた。

嫌になるくらいに見慣れた通学路。道路の傍らに広がる水田は、夕日のせいでぼんやりと黄色に塗り潰されていた。

「こんなとこにいて、いったいなんになんの？　上手くなれる？　ずっと考えてたけど、辞めるしかないとうちは思う」

「辞めてどうするん？」

尋ねたのは優子だった。大事な話をしているはずなのに、誰も足を止めない。そういえば立ち止まることを何より嫌うやつらだった、と夏紀は苦笑とも自嘲とも取れる笑みを浮かべた。そんな集団に交じる自分が、いまさらながら場違いだと思った。

「軽音部に移ろうかと思って」

「軽音部？　なんでまた」

「気づいてん。私が好きなんは吹奏楽じゃなくて、音楽やって。楽器が好きで、みんなと一緒に吹くのが楽しいから吹奏楽部に入ったはずやねん。それやのに、いまの状態ってなんか本末転倒な感じがする」

菫の言葉に、「確かに」だの「そうかもしれん」だのと皆が口々に同意する。白い眼鏡フレームの縁を軽く持ち上げ、菫が言葉を続けた。

「やからさ、ここにいる面子《メンツ》でインストバンド組まへん？　それやったら好きなだけ練習できるし、イベントにだって自力で出られる。自分たちが納得いかへんレベルの演奏をお客さんに聞かせることもないし」

「インストバンドかー、ありかも」

「私、ジャズっぽいやつやりたい」

「こんだけ人数おったらだいたいの曲はやれるしな」

「ってか、あの三年から離れて音楽やれるならどこでもいい」

続々と返される言葉は、吹っ切れたような明るい声をしていた。皆、価値観の違う相手と不毛なやり取りを続けるのに辟易《へきえき》していたのかもしれない。あるいは、誰かが自分にとって都合のいい提案を持ちかけてくるのを待ち望んでいたのか。

菫の提案は逃げでも負けでもない、諦めだ。彼女たちは、吹奏楽部を改善することを諦めた。

希美は困ったように曖昧に微笑み、いの一番に提案に乗りそうな優子は両腕を組んで何やら考え込んでいた。みぞれは——と振り返ったところで、夏紀は彼女がこの場にいないことを思い出す。

みぞれはAメンバーだ。ここにいる人間とは明らかに立ち位置が違う。

「希美はどうする？」

菫の問いには答えず、希美は結われた黒髪を自身の指先に巻きつけた。その口角がわずかに上がり、彼女の白い歯がのぞく。こんなときですら、希美は笑おうとしているらしかった。

「ちょっと保留でいい？」

歯切れの悪い回答に、菫が片眉の端を吊り上げる。ノリが悪いと思ったのか、それとも希美なら即断即決すると信じていたのか。

夏紀の前を歩いていた優子が「うちも考える」と珍しく静かな声で言った。菫は振り返り、ついでのようにこちらに尋ねる。

「夏紀は？」

「うちは辞めへん」

「えー、意外やな。夏紀、ギター弾けるやん。それこそいちばん軽音に似合うと思うけど」

「アレはお遊びみたいなもんやから」

謙遜ではなく本心だった。菫たちの吹奏楽部に対する熱量に比べたら、夏紀のギターなんてものは自己満足の範疇《はんちゅう》に収まる。誰かに聞かせるつもりもないし、誰かのために弾くつもりもない。

うつむいていた優子が弾かれたように顔を上げる。短い前髪の下で彼女の眉根が軽く寄った。

「アンタ、ギター弾けるんや」

「まあね」

「知らんかった」

「そりゃわざわざ言うことでもないしな」

「ふうん」

「何よ」

「べつに」

そっぽを向く優子に、夏紀は「はあ？」と思わずうなった。「まあまあ」となだめる希美が普段どおりの顔色なのも腹立たしい。

「とりあえず、来週には退部届出すつもりやから」

右手をヒラヒラと振りながら、菫がなんてことないような口振りで言う。もしも菫たちが部活を辞めたら、希美と優子と夏紀だけでこの通学路を歩くのだろうか。頭に浮かんだ光景があまりに寒々しく、身体が勝手に身震いした。

そこにみぞれの居場所がないことなんて、すっかり頭から抜け落ちていた。


「夏紀、ちょっと隣いい？」

そう希美に声をかけられたのは、菫が吹部を辞めると言い出した翌日だった。退部の意思を表明した部員たちはすでに自主休部を始めており、今日の練習は欠席していた。二、三年生はうすうす状況を察しているようだったが、欠席をとがめる者はいなかった。そもそも欠席がいけないことだという意識がないからだ。

Aメンバーは音楽室で合奏をしていたが、それ以外の人間はパート練習室で自主練習することになっている。階上の窓から聞こえるまとまりのない音色をBGMに、夏紀は目的もなく窓の外を眺めていた。音楽室からもパート練習室からも離れた場所の、人通りの少ない校舎の一角だった。

「なんでここに？」

話しかけてきた希美をまじまじと見つめ、夏紀は至極真っ当な疑問を吐いた。夏紀はわざわざ人の来ないような場所を選んで安閑としていたわけで、希美が偶然この場所を通りかかるとは考えにくい。

「サボり魔の夏紀サンの居場所を同じ一年生が教えてくれて」

「アイツらか」

同じ低音パートの一年生二人の顔を思い出し、夏紀は小さく舌打ちした。金管楽器で最大サイズを誇るチューバ担当の彼らは真面目で穏やかで、いかにも低音パートの人間という性格をしていた。すぐにパート練習室から姿を消す夏紀のことを気にかけて、こうして希美に居場所を告げたのかもしれない。

夏紀は窓枠にかけていた手を下ろした。暑さを紛らわせようと廊下一帯の窓を全開にしていたのだけれど、新しい風が吹き込むのが嫌だったのか、希美は自分の前にある窓だけを静かに閉めた。入念に鍵までかけている。

「夏紀が部活辞めないって言ったの、意外やった」

「何、急に」

「だってさ、『こんな部活クソや！』ぐらい真っ先に言い出しそうやん」

下手くそな声真似《こえまね》に、夏紀の強張《こわば》った頬は自然と緩んだ。そしてそこで初めて、自分の頬が強張っていたことに気がついた。

口を開け、息を吸い、強引に喉をこじ開ける。夏紀の前にある窓は開け放たれたままだから、意思さえあればいくらでも必要な酸素が吸い込めた。

「辞める理由がないからなぁ、うちには」

「続ける理由もないでしょ?」

「ま、そこは惰性ってやつ」

「夏紀が吹奏楽部を気に入ってくれたならよかったよ。うちが誘っちゃったからさ」

「負い目でも感じてた?」

「ちょっとだけね」

いたずらっぽい笑みを浮かべ、希美は小さく肩をすくめた。プリーツスカートの下で交差された彼女の脚。足首を覆うクルーソックスを夏紀はそっと盗み見る。引き締まった脚だった。

「希美はどうするん?」

「どうすると思う?」

「疑問を疑問で返す?」

「夏紀だって疑問で返してる」

指摘され、夏紀は唇を軽くとがらせる。のらりくらりとした問答は希美らしくない。

「腹の探り合いならほかの相手にやって」

「たとえば誰相手にやってほしい?」

「優子とか」

「あの子相手にやっても正論で返されて終わりでしょ」

「確かに」

真っ向から怒り出す優子の姿を想像し、夏紀は乾いた笑みを唇にのせる。優子はつねに、正しく優しい。

「悩んでるん？」

窓枠に腕をつき、夏紀は首をひねって希美を見やる。目を合わせようとしたこちらの意図を察してか、希美は何も考えていないような素振りで顔を逸らした。

「悩まないほうが不健全ちゃう？」

「それもそうやけどさ。うち、希美は軽音部に行くんやと思ってた」

「なんで」

「アンタら仲ええやん」

夏紀の言葉に、希美はフッと鋭く息を吐いた。それが本当に吐息だったのか、それとも鼻で嗤われたのかはわからない。

「夏紀はうちらに夢見すぎ。前も言ったやろ？　べつに、仲良しこよしでこの学校に入ったわけじゃないってさ」

「でも、はたから見たらそう見えてたけど」

「そう見えることと実際にそうであるかは別もんやし」

「それはそうやな」

夏紀には、希美たちを本当に理解することなんてできやしないだろう。たった数カ月で骨身に染みた。もしも夏紀が同じ立場でも、夏紀はきっと三年生に文句を言ったりしない。獲物を捕食する機会を狙う肉食動物と同じように、あの先輩たちがいなくなるタイミングを、息を殺して見守っている。

従順なわけじゃない。ただ、三年生に反旗を翻したところで何も変わらないことを夏紀は理解しているのだ。夏紀は他人を信じるタイプじゃない。だから、三年生たちに何を言っても彼女たちが心を入れ替えるとは思えない。

人を信じる心。それが希美たちと夏紀を隔てるものだとするならば、そんなものがないほうがよっぽど生きやすいだろう。誰かの改心を期待するなんて時間の無駄だ。性格が悪いやつはずっと悪い。夏紀自身がそうであることが何よりの証明だ。

「希美はさ、ほんまに信じてたん？」

「何が？」

「先輩たちが自分の働きかけで心を入れ替えてくれるって」

「信じてた」

薄い紙を刃で裂いたかのような、滑らかな切れ味の言葉だった。その声の潔さに、夏紀は大きく目を見開く。

「うちらが正しいとわかってくれると思ってた。中学のときも、誰かが揉めたって最後は必ず正しい方向に進んだから」

「そのやり方は『正しさ』が共有されてるところでしか通用せんやろ」

無意識のうちに苛立ちが漏れた。夏紀を救ってくれた善良さが、この場所では甘ったるいぼんくらと見なされることが悲しかった。

希美はこちらを見て、静かに笑った。透明な涙の膜に覆われた双眸が、薄く光って見える。

「それでも信じてた。うちならどうにかできるって」

その台詞が過去形であることが、夏紀にはひどく悲しく思えた。無造作に垂らされた彼女の手の、その指と指の隙間から夏の日差しがこぼれ落ちている。

「……希美はどうするん？　軽音部に行くのか、それとも残るのか」

「どうしたらいいと思う？」

「また質問を質問で返す」

「夏紀相手やからさ」

「中学からの吹部仲間より気を遣わないって？」

「正気か？」

「まぁ、あの子らにとってうちは部長やったから、ちょっとは気を遣う。大事な友達やし」

「かったるい人間関係やな」

「集団生活ってそういうもんやん」

その台詞に、夏紀は深いため息をついた。中学三年生のときの体育の授業でのやり取りを思い出す。やめるというのは集団生活に属しているうえで最後の手段だと、希美は夏紀に話していた。高校生になってから希美は他者とわかり合うために動き、自分を環境に適応させようと努力し、友人たちの暴走をやんわりとなだめ――ついには心が折れたのだ。

「さっきさ、どうしたらいいと思うか聞いたやん」

「うん、聞いた。夏紀やったら冷静な助言をくれそうやから」

へらりと笑うその顔を見て、なんて無神経なやつだと思った。希美はひどいやつだ。何もわかっていない。

夏紀は誰かに部活に誘われたからってそう簡単に受け入れるような人間じゃない。それでも希美だったから、その賭けに乗ることにした。相手が、希美だったから。

冷静になんてなれるわけがない。そう言葉にできたらどれほどよかったか。だけど夏紀はそれを口に出したりはしない。八つ当たりで発した言葉たちがこれから先、希美を縛りつけるようなことになったらと想像するとゾッとする。

「うちはさ、希美がやりたいようにやればいいと思う」

半端に上げた手を動かして、希美の背を軽く叩く。白い夏服越しに、彼女の肩甲骨の感触が伝わった。

「希美自身が信じた選択が、多分、いちばん正しい」

そう言って希美の背を押したのは、間違いなく夏紀だった。右の手のひらの感触を、夏紀は昨日のことのように覚えている。普段は快活な笑みを浮かべる希美が、その瞬間だけ瞼を下ろした。あふれ出る感情を隠すように、彼女は目を閉じたまま「ありがとう」とつぶやいた。噛み締めるような、小さな声だった。

夏紀は希美の前にある窓の鍵に手をかけると、強引に窓を開け放った。勢いよく吹き込んできた風が、希美の前髪をぐちゃぐちゃにした。きつく閉じられていた瞼が勢いよく跳ね上がり、希美は驚いた顔でこちらを見た。夏紀は歯を見せるようにして大きく笑う。すると釣られたように、希美も笑った。互いの髪が乱れていたが、夏紀は大して気にならなかった。

いまこの瞬間に希美が笑ってくれるなら、それだけでいいと思った。

そしてそれこそが、夏紀の犯した罪だった。

その数日後、菫たちが吹奏楽部を辞めたのと同じタイミングで、希美も退部した。希美が選んだのは、社会人の吹奏楽サークルだった。大学生や働く大人たちに交じって練習に励むことにしたらしい。希美らしい選択だと思った。

希美たちがいなくなっても部の空気は大して変わらなかった。むしろ衝突が少なくなったぶん、穏やかになったと言ってもいいかもしれない。練習時間中に雑談に花を咲かせる先輩を見るたびに、これでよかったのだろうと思った。北宇治吹部のあるべきかたちは初めからこうだった、そう自分に言い聞かせようとしていた。

「アイツらさっさと辞めればよかったのに」

「空気読めへんにもほどがあるやろ。あー、ウザいのいなくなってようやく伸び伸び部活やれるわ」

「大会頑張りましょうとか夢見るのは勝手やけど、押しつけはマジムカつくよな」

音楽室から聞こえた会話が、吸い込まれるようにして夏紀の耳に届く。ひび割れた蝉の声が混じる、ノイズのような声だった。楽器室に向かっていた夏紀の歩みが止まる。先輩たちが希美たちの悪口を言うことなんて、いつものことだったのに。

希美はもう、吹奏楽部にいない。

その事実が、不意に夏紀へと襲いかかった。廊下をこする靴底の感触が、いやにはっきりと足裏にこびりつく。わかっていたことだった。こうなることなんて、最初から。それでも、それでも——。込み上げてくる言葉の続きがなんなのか、夏紀自身もわかっていなかった。

音楽室と廊下を、扉用の銀色のレールが隔てている。もしも扉を閉めてくれていたならば、夏紀はこんな思いをしなくてすんだのに。

室内にいる先輩たちは、手を叩いて大声で笑い合った。

「ほんま、いなくなってくれてよかったわ！」

あ、と思った。脳の回路が焼き切れる。網膜の奥がスパークして、激流のような感情が夏紀を脳の内側から支配した。勝手に右手が扉をつかむ。勝手に左足がレールを越える。だべる三年生部員たちへ歩み寄り、夏紀はその椅子の背もたれに手を置いた。

それを衝動と呼ぶにはいささか理性が残りすぎていた。

突然の乱入者に、先輩たちがぎょっとした顔でこちらを見る。夏紀は意図的に自分にブレーキをかけなかった。

口角を上げ、吐き捨てるように言ってやる。

「お前ら性格ブスやなー」

空気が凍った。唖然《あぜん》とする六人の三年生部員たちに、夏紀は舌を出して中指を突き立てる。

「中川！」

鋭く叫んだのは三年生部員のうちの一人だった。自分の名前を覚えていたのが意外で、夏紀は軽く目を見開く。

「アンタ、先輩に向かってなんやその態度」

「べつに、思ったこと言うただけですけど」

「不満なんやったらアンタも同じように辞めたらよかったんちゃうん？　傘木たちは自分の立場をわきまえとったで」

「うちが辞めるかどうかはうちが決めることなんで。それと先輩たちがクソなことは別問題とちゃいますか？」

「中川、やめな」

制止するように再び名前を呼ばれる。だが、それに従う気はさらさらなかった。だいたいの話、夏紀が我慢する筋合いなんて初めからないのだ。夏紀は何も怖くない。吹奏楽Aメンバーになりたいとも思っていないし、先輩に好かれたいとも思わない。吹奏楽で他人から認められたいなんて気持ちは微塵もなく、ただ単純に場の流れに身を任せているだけ。

もしもここにいるのが希美だったら、もっと違うことを言った。だってあの子は、「先輩らがどう思うてたかは知りませんけどね、希美はアンタらの力にもなりたいと思うてたんですよ。頭がハッピーやから、話し合えばいつかはわかってもらえるって。

アホなんですよ、正しさが誰にでも通じると無邪気に信じてた」

　だけど、現実はそうじゃなかった。

「先輩らがアイツらを嫌がる気持ちは理解できます。でも、先輩らを信じてた部分を無視するのはあまりにひどいんとちゃいますか。アイツらのやったことと先輩らの仕打ち、全然釣り合ってへんと思うのは間違ってます？」

　噴きこぼれる鍋みたいに、胃の底からぐつぐつと熱が沸き上がる。顔が熱かった。耳も、目も、頬ですら。興奮と怒りがそのまま熱となって、夏紀の身体を支配していた。

　アホなのは自分も同じか、と脳の隅に小さく残る冷静な自分が自嘲する。事を荒立てて、いいことなんてひとつもない、希美たちは無謀だ。そう少し前までは自分も考えていたはずなのに、いまでは同じように馬鹿な真似をしている。

「言いたいことはそれで終わり？」

　静かな夏夜に鳴り響く風鈴の音のような、ひどく澄んだ声が耳朶《じだ》を打った。三年生部員のうちの一人が、頬杖を突いたままじっとこちらを見つめていた。残りの五人が黙り込んだのを見て、夏紀は唾を飲む。この人が群れのボスなのだと明確に感じ取れる振る舞いだった。

　先輩がニタリと笑う。口角を吊り上げた笑顔が悪魔に見えた。

「かわいそうやなぁ。せっかく低音パートの一年は平和やったのに」

一瞬、言われた言葉の意味がわからなかった。どうして夏紀個人の振る舞いに低音パートが出てくるのだろうか。そこまで考えて、唇からぎこちなく吐息が漏れる。

自分はいま、脅されているのだ。

「なぁ、中川。アンタの代わりに誰かが部活を辞めたらどうする?」

細められた先輩の瞳は、確かに弧を描いている。深い断絶。他者とのコミュニケーションでここまでの絶望を感じたのは初めてだった。

血の気が引く。肌の裏側で、虫が這《は》い回るような悪寒がした。先ほど天へと突き立てた中指が、数分後の自分の首を絞めていた。口のなかが乾く。握り締めた拳のなかで、自身の爪が柔らかな皮膚に突き刺さった。

「うちは、」

言葉の先が、出てこない。部活を辞めることになっても構わないと思っていたのに、他人が巻き込まれるとわかった途端に舌がもつれて動かなくなる。

先ほどまでまっすぐに先輩をにらみつけていたはずなのに、はたと気づけば視界に自分の足が映っている。無邪気に輝く白の上履きを、めちゃくちゃに踏みつけてやりたいと思った。

黙り込んだ夏紀を見て、「これだから世間知らずな一年は」と先輩が嘲笑する。この場で顔を上げたら、アイツらの勝ち誇った顔が目に入るのだろう。拳を握り締め、夏紀はきつく目をつむった。

即席の闇のなかで、コンコンとわざとらしく扉をノックする音が響き渡った。

「あのー、もしもし？」

バネのように瞼が上がる。反射的に振り返ると、二年生の田中あすかが扉を執拗《しつよう》に叩いていた。扉は開いたままだというのに。

先輩たちがあすかの姿を認めた瞬間、室内の空気が一気に変わった。三年生は露骨に顔をしかめ、「田中か」と短くうなった。

「そうです、田中ですぅ。なんや、音楽室で低音の子がえらい粗相したって報告受けましてね」

へらへらと軽薄に笑いながら、あすかがこちらへ歩み寄ってくる。長い脚だ。百七十を超える彼女の長身は、そこにいるだけで他者を威圧する。

中指で赤縁眼鏡を軽く持ち上げ、あすかは夏紀の傍らに立つ。その右手が、がさつな動きで夏紀の頭を下へ押し込んだ。「げっ」ととっさに声が漏れたが、あすかは無視した。

「ほんま、今回は夏紀が無礼な真似をしてすみませんでした。一年が三年に失礼な口きくなんて先輩らが怒るのもしゃあないですよねぇ。いやぁ、報告聞いてビックリしたんです。でもほら、先輩たちは心が広いから、謝ったら許してくれはるんやろうなぁってうちなんかは思ってるんですよ」

あすかの大きな手のひらが夏紀の後頭部に食い込んでいる。痛みすら感じる圧力からは、絶対に顔を上げるなよという無言のメッセージをひしひしと感じた。

「ここはひとつ、うちの顔に免じて低音パートを許してもらえませんかね。夏紀にはあとでちゃんと言い聞かせておきますんで」

「べつに、最初から何かするつもりなんてなかったし。そこの一年が勝手に冗談を真に受けただけ」

応じる三年生の声が微かにうわずっているのがわかる。吹奏楽部であすかの相手をしたがる先輩なんてほとんどいない。なんせ、彼女はおっかないから。

「そうですよねぇ。うちも冗談やとはわかってたんですけど、念のために確認はしておかんとなぁと思って。ほら、のちのち何か言われても困りますし？」

「言っておくけど、最初に喧嘩売ってきたのはそこの一年のほうやから」

「わかってますよ。先輩らが悪いなんてうちがひと言でも言いました？　悪いのは全部夏紀ですよ。な、夏紀。ちゃんとごめんなさいしよな？」

そう告げるあすかの口ぶりは慇懃無礼という言葉がぴったりで、反省の色なんて欠片《かけら》も見えない。頭から圧力が消えたのを感じ、夏紀はようやく顔を上げる。前にいる三年生たちが皆、そろったように渋面なのがコントみたいで滑稽だった。「はよ」とあすかが夏紀の背を軽く叩く。「なんでうちが」と不貞腐《ふてくさ》れそうになったが、ここで駄々をこねるとあすかの顔に泥を塗ることになる。そうなれば今度こそ夏紀は吹奏楽部を辞めざるをえないだろう。雑魚の集まりみたいな三年生よりも、あすかのほうがよっぽど怖い。

「……すみませんでした」

殊勝に頭を下げた夏紀に、近くにいた三年生の一人がフンと鼻を鳴らした。

「最初からそうしてればよかったのに。そういう態度だから中川はみんなから嫌われてるんだよ」

「はぁ、そうですか」

まるで子供の喧嘩みたいだ。低レベルすぎる暴言に、夏紀は鼻白む。背中を丸めた夏紀の肩に手をかけ、あすかがわざとらしい仕草で目を丸くしてみせた。大きく開けた口に手を当て、「おやまあ」と芝居がかった台詞を吐く。

「先輩ってば、そんなふうに自分を卑下しなくていいんですよ！」

「はぁ？」

警戒の色を露骨に濃くし、先輩があすかの顔を見上げる。視線を受け止め、あすかは胡散《うさん》くさい笑みをよりいっそう深くした。

「『私』は嫌い、が正しい日本語でしょうに。でも、自分なんかの台詞じゃ夏紀に届かないと卑下して、主語を『みんな』にしはったんでしょう？　先輩のそういう奥ゆかしいところ、めっちゃ勉強になりますわぁ」

クツクツと喉奥を鳴らすあすかに、周りの人間はすっかり辟易している。とんでもない嫌みだな、とかばわれている夏紀ですらやや引いた。

ボス役だった三年生が深々とため息をつく。舐めた口をきいた一年生を懲らしめるよりも、田中あすかをどこかにやることのほうが優先だと悟ったらしい。こちらをにらみつけながら、彼女は「シッシ」と追い払うように手を払った。

「もういい。さっさとパート練の部屋に戻ったら」

「先輩たちが寛大な心を持っていてくれて、ほんまによかったです！」

これ見よがしに「よかった」を連呼しながら、あすかは夏紀の背を押して音楽室の出入り口へと向かった。廊下へと歩を進める二人の背中に、冷ややかな声が突き刺さる。

「二度目はないから」

こちらこそ、こんな思いは二度とごめんだ。先輩たちからは見えないようにこっそり舌を突き出すと、傍らにいたあすかが愉快そうに喉を鳴らした。

その後、夏紀たちがパート練習室に戻ると、同じ一年生の女子が心配そうに歩み寄ってきた。「心配したよぉ」と震える声で告げられ、夏紀は決まりの悪い思いをした。どうやらあすかに告げ口したのは彼女だったらしい。

「なんであんなアホなことしたん？　夏紀はそういうことしいひん頭のいい子やと思ってたんやけど」

眼鏡をクロスで拭きながら、あすかが軽い調子で尋ねてくる。明日の天気の話題をするかのような、とりあえず感がにじみ出た口ぶりだった。

「ちょっとその、ムカついてしまいまして」

「まぁムカつくのはわかるけどさー、低音パートを巻き込むのはやめてや。うち、練習邪魔されるのめっちゃ嫌いやって知ってるやろ？　今回だって、夏紀が低音じゃなかったら助けてなかった」

「……迷惑かけてすみません」

「わかってるならええねん」

軽やかさを保ったまま、あすかがポンと夏紀の肩を叩く。まるで猫のようなしなやかな動きで、あすかは大きく伸びをした。

「それにしても、アホが上に立つとマジでめんどいな！」

あっけらかんとした言い草に、夏紀は強張っていた頬が次第に緩んでいくのを感じた。縮こまっていた肩の筋肉がほぐれ、ざわめいていた心が凪《な》いでいく。

「一字一句、同感です」

そう深くうなずいた夏紀の頭を、あすかが乱雑にぐしゃぐしゃとなでた。後輩を可愛がるというよりは、出来の悪い飼い犬をなだめるような仕草だった。

「アンタさ、三年生に歯向かったって聞いたんやけど」

学校からの帰り道。九人分あった足音は、気づけば二人分にまで減った。午前練習で終わった夏紀たちとは違い、みぞれは午後もAメンバーとしての活動がある。三人の別行動も、大会が終わればなくなるだろうけれど。

額からにじむ汗が、頬を伝って鎖骨へと落ちる。熱気をまとう風が、青田の緑を緩やかに波打たせていた。隣を歩く優子は先ほどからこちらをにらみつけている。怒っているが三割、呆れているが五割、残り二割は心配しているといったところか。

「ムカついたから」

遠回しに肯定すると、優子は「バッカじゃないの」と唇をとがらせた。反論する気も起きず、「ほんまにね」と夏紀は短く笑うにとどめた。

「結局あすか先輩が助けてくれた」

「自分に火の粉がかかるのが嫌やったんとちゃう?」

「それは間違いないと思う」

「ほんま短絡的すぎ！　いまは黙って待つべき時期でしょ」

「そう思っててんけど、気づいたらやっちゃってた」

「アホ！」

優子の肘が夏紀の脇腹にぶつかる。加減しているのか、突かれても痛みはなかった。

「優子にアホって言われるとか、この世の終わりやな」

「はぁ？」

「アンタのほうがよっぽど突っかかっていきそうな性格してんのに」

「だって、うちのせいで香織先輩がひどい目に遭うのは嫌やもん。香織先輩、悲しんでる私を優しく慰めてくれてんで？　コンクール出られへんくてつらいのは二年生のほうやろうにさ。はー、ほんまエンジェル。優しい。うちなんかにも気を遣ってくれて」

「だから吹奏楽部に残ったん？」

夏紀の問いに、優子の足が止まる。聞こえなくなった足音に気づき、夏紀もその場で立ち止まった。二人のあいだにできた距離は小さかったが、それでも無視していいと思えるレベルでは決してなかった。

乾いた唇を親指で拭い、夏紀は口を開く。

「香織先輩のために、菫たちの誘いに乗らんかったん？」

「それもある」

「『も』ってことは、ほかに理由があるわけ？」

左手をつかんでいた優子の指先がピクリと動いた。後ろめたさを隠すように、彼女はこちらから視線を逸らした。はぁ、とその口から観念したようにため息が漏れる。

「もしうちまでおらんくなったら、みぞれが困るでしょう」

「なんでここにみぞれが出てくるん？　あの子は上手くやってるやん」

オーボエパートは、みぞれ一人しかいない。ほかの一年生部員たちが三年生の圧政に苦しんでいるあいだも、彼女だけは伸び伸びと部活に励んでいた。いまだって一年生なのにAメンバー入りしている。先輩との関係も、良好と呼べるほどではないが、悪いという噂も聞かない。

短い前髪を額に垂らし、優子は口端をふと緩めた。視線の先で、スニーカーの靴紐がほどけかけている。

「夏紀はみぞれを知らんから」

「入部して三カ月はたってるし、まったく知らんなんてことはないと思うんやけど？」

「いや、知らへんよ。あの子はうちらとは全然違う」

「違うって何が」

「仕組みが」

「はあ？」

意味がわからない。だが、聞き覚えのある説明ではあった。間抜け面をさらす夏紀に、優子は静かに首を横に振った。

「アンタに言っても無駄やろうね」

「何、無駄って」

「理解できないやろうなって意味」

「何それ、勝手に決めつけんといてくれる？」

「じゃあ逆に聞くけど、アンタはなんで吹奏楽部に残ったん？」

一歩、また一歩と優子がこちらへ近づいてくる。ジイジイと響く蝉の鳴き声。アスファルトをこする靴底の音。通り過ぎる自動車の走行音。優子の凛《りん》とした声。そして、自分自身の呼吸音。

絡まり合う音が、夏の昼下がりにふさわしい日常を演出する。優子の右手が伸ばされ、そして夏紀の夏服の襟にかかった。ペンだこの目立つ指が、白のリボンをそっとなぞる。

「うちは、夏紀は辞めると予想してた」

「そりゃ予想が外れて残念でした」

「希美に誘われて吹部に入ったんちゃうの？　じゃあ、希美がいいひんくなったらここに残る理由はないやん」

「それとこれとは別問題でしょ」

「ほんまにそう思う？」

お伺いを立てるように、優子は夏紀の鎖骨辺りを軽くノックした。トントンと柔らかに刻まれたリズムが、夏紀の身体の内側から何かを引きずりだそうとする。

「うちが辞めたら、希美の誘いがなかったことになるやんか」

ずるり。四つに区切られた心臓の小部屋から、無自覚に抱き続けていた本音が漏れた。優子は双眸を目一杯開き、こちらの顔を探るように凝視する。

「なかったことにはならんやろ。ってか、希美は夏紀が部活を辞めても気にしいひんと思うし」

「そういうんじゃなくて、うちが嫌。希美の影響を受けた自分をなくしたくないというか」

「ふうん」

「何」

「いや、似てるところもあるんかもしれんなって」

一歩後ろへ下がり、優子は後ろ手を組んだ。柔らかな長い髪が風になびいて彼女自身の頬を打っている。口内にたまる唾を、夏紀は呑み込む。夏の気温に溶けてしまいそうな、うっすらとした緊張が二人のあいだには漂っていた。

　優子は言った。

「みぞれはね、希美以外を友達だと思ってない」

「優子のことも？」

反射的に浮かんだ疑問に、優子は目を伏せて達観した笑みを浮かべる。気の強い優子に、弱々しい表情はひどく不似合いだと思った。

「そんなことありえる？　優子たちはずっと吹奏楽部で一緒やったんやろ？」

「南中のころからってわけじゃない。ここまで一緒に行動するようになったのは高校に入ってからやし。それに、みぞれは自己肯定感が異常に低いから」

「そうか？」

「心を許すまでに時間がかかるの。みぞれにとって希美が特別なのは、中学に入ってから初めて話しかけてくれた人間だったから。それからずっと、あの子は希美のあとを追いかけ続けてる」

「追いかけ続けてるって」

「あの子が志望校を北宇治にしたのは、希美がいるから」

ゾッとした。みぞれの希美への執着を知ったからではない。これまでの希美の言動が、みぞれへの無頓着さを表していることに気づいたからだ。

南中の人間は一緒にいることを理由に北宇治に進学したのではないと、希美は何度も繰り返していた。だけど実際はどうだ。やっぱりそうした思いを抱えている人間もいるではないか。

「でもその理屈なら、みぞれは希美と一緒に部活を辞めるんじゃないの」

「アンタはアホなの？　希美がひと言でもみぞれに声をかけてたら一緒に辞めたに決まってるやん」

「あっ」

思い返すと、菫が退部の提案をしたときにみぞれはそこにいなかった。だってみぞれはAメンバーだから。皆と違って部活に文句を言っていなかったから。

「希美がいない吹奏楽部にいまでもみぞれがすがりついてるのは、昔の希美が『吹奏楽部に一緒に入ろう』って言ったから。みぞれにとって、希美がすべての行動指針なの」

「いやいや、さすがにそれは重すぎない？」

「重いとか軽いとか関係ない。みぞれはそうなの、中学のころから」

そう語気を荒らげる優子の怒りは、いったい誰に向けてのものなのだろう。他人に人生の指針を委ねてしまうみぞれか、感情のベクトルを向けられていることに無自覚な希美か、それとも力になれない自分自身か。

「だから優子は目が離せないって？」

「心配になるのが当たり前でしょう。でも、うちにもまだ心を開いてくれない。最初に心の扉を開けたのが希美だから、鍵を持ってるのは希美だけなの」

「ずいぶんとポエミーやんか」

「こういうところで茶化すぅ？」

「ごめん、くせで」

カンッと踵を打ちつけるような歩き方で、優子が前へと進み出す。本気で腹を立てているときの歩き方だ。普段のじゃれ合いは許されないなと判断し、夏紀は神妙な面持ちを繕って彼女の隣に並ぶ。

　片目をつむったまま、優子は左目だけをこちらに向けた。

「うちは、一度大事やと思った人間を中途半端に手放したりなんて絶対にしない。香織先輩も、みぞれも」

「香織先輩はそもそもアンタのもんじゃないでしょうが」

「うっさいな、これは心の持ちようなの！」

　拳を高く掲げる優子は勇ましい。見た目だけなら可憐《かれん》な少女だというのに、彼女の小柄な体躯《たいく》の内側では苛烈な感情が渦巻いている。その外側を突《つ》いて崩してやりたくなって、夏紀は優子の顔をのぞき込んだ。

「そこにうちはおらんの？」

揶揄混じりの問いかけだと察しているだろうに、優子は律義に目を見開いた。

「何をアホなこと言うてんの！　夏紀はまだまだ大事な人ポイントが足りひん」

どうやったらたまるん」

「たとえばそうやな、うちにアイスをおごってくれたら
「むしろうちがおごられたいくらいやねんけど？」

「だって夏紀やねんもん」

「どういう理屈よ」

フッと鼻で嗤った夏紀に、優子がわかりやすく頬を膨らませる。生命力に満ちたその双眸を、夏紀は柄にもなく綺麗だと思った。小さな唇を軽くすぼませ、優子はいたずらっ子のように笑う。

「あ、思いついた」

「何が？」

「ギター教えてよ」

「はぁ？」

いったいどうしてそうなったんだ。肩をすくめた夏紀の反応に動揺の欠片を見つけ

たのか、優子は満足げに喉を鳴らす。

「うちの大事な人になりたいんやろ?」

「いやべつに」

「いまなら初回サービスでポイント十倍!」

「余計なサービスやな」

「そもそもアンタが言い出したんやん」

やり返され、夏紀は無言で頬をかいた。優子をからかうのは楽しいが、たまにやり込められるのが不本意だ。

「うち、ギターやってみたかってん」

やすりで美しく磨かれた優子の爪先が、上から下へ宙を引っかいた。弦を弾く感覚が思い出され、夏紀はふと口元を緩める。

「それ、エアギターのつもり?」

「上手いやろ」

「迫力が足りひんな」

そう言って、夏紀は大きく腕を動かした。

人通りが少ないとはいえ、駅への道程だ。当然のごとく通行人は存在し、突如として珍妙な動きを見せる女子高生二人に奇異な視線を向けてくる。だが、そんなものを恥ずかしがるのは逆にダサいような気がしていた。脳内に鳴り響くギターのメロディー。それに合わせて腕を振るう夏紀の口からは、弾けるような笑いがこぼれた。

「二人でギター弾いたら楽しいやろな」

そう告げる優子の笑い声があまりにあどけなかったものだから、「しゃあないし教えてやるわ」と夏紀はつい安請け合いしてしまった。教えるような腕なんてなかったくせに、その日から、優子と夏紀の吹奏楽部とは無関係のもうひとつの交流が始まったのだった。

＊

夏紀の長い回想を打ち切ったのは、馬のいななきのようなエレキギターの音色だった。カラオケに行くと最後はいつもこうなる。夏紀は持ち込んだソフトケースを開くと、エレキギターを膝の上へと置いた。カラオケ機器とギターをシールドケーブルでつなげば即席のライブ会場に早変わりだ。

最近のカラオケは本当に便利で、楽器のチューニングもできるし、エフェクトをカスタマイズすることもできる。さらには、ギターのコードをモニター画面に表示して楽譜代わりに使うことも可能だ。

卒業を控えた一月、モラトリアム期間を過ごすにはなんてうってつけの場所だろうか。どんなに騒ごうと気にする人間は誰もおらず、どんな過ごし方も許される。

夏紀の腕のなかに納まっているギターはヤマハのパシフィカ112V、カラーはオールドバイオリンサンバースト。艶やかなダークブラウンは縁に近づくほど黒みを増す。年上の従姉から譲ってもらった、夏紀の初めてのエレキギターだ。

そして夏紀の隣に座っている優子が構えているのは、同じ型番のギターの色違いだった。彼女が使っているのはヴィンテージホワイト。同じ形をしたギターでも、アイボリーをメインカラーとしたデザインだ。

優子がこのギターを買ったのは、あの夏のあとだ。二人で一緒に楽器屋に行った。いま思うと、二人きりで出かけたのはあれが初めてだった。「とりあえず可愛いやつがいい」という優子の要望にお応えして、夏紀は自分と同じ型番のギターを薦めた。初めから夏紀の助言に従うつもりだったのだろう。優子は即決し、お年玉貯金を崩して数万円のギターセットを買った。ミニアンプやチューナー、シールドケーブル、ストラップなど初心者に必要なものがついてきた。

最初のころはたどたどしかった優子の指の動きも、二年もたてばすっかり様になっている。優子の呑み込みが早かったのは、夏紀の教え方が上手かったからか、それとも彼女の元来の音楽センスによるものか。先生役を担うのは優位に立てて気分がよかったけれど、対等な関係で楽器を弾けるいまのほうがよっぽど楽しい。

六本の弦の上に指を滑らせ、夏紀はその感触を楽しんだ。太い弦、細い弦。少し刺激を加えただけで、その違いは明瞭なものとなる。

「何弾く？　卒業ソング練習してもいいけど」

チューニングを済ませ、優子がピックで弦を弾く。スピーカーを通して、ビィンと力強い音色が反響した。

夏紀がギターを始めたのは中学二年生のときだ。大学でバンドを組んでいた従姉が、就職を機に新しいのを買うからとそれまで使っていたギターをくれた。従姉がアコースティックギターではなくエレキギターを買ったのは、防音対策がしっかりされていない部屋でもヘッドホンを使って練習できるのが理由らしい。

直接鼓膜を揺さぶるようなヘッドホンからの音色も素敵だけれど、やっぱり耳が解放されている状態で聞くギターは気持ちがいい。ビリビリとした振動が肌を伝い、腹の底からしびれてくる。

「卒業ソングなぁ、昔からあんま好きちゃう」

「夏紀はひねくれてるからな」

「シンプルに共感できひんねん、いいこと言ってる歌は」

「悪いことだけが真実ってワケでもないでしょ。悪意は本心に見えやすいだけ」

「さすが部長、ええこと言いますわ」

「馬鹿にしてるでしょ」

「本心やって」

優子はフンと鼻を鳴らした。ソファー席から垂らされた彼女の脚は、内側へと締めつけるように交差している。

高校の卒業式で自分は涙を流すのだろうか。あのときの希美みたいに。

いくら頑張っても泣いている自分の顔は想像できなくて、夏紀はカラオケの操作パネルをいじる優子の横顔を眺めた。音楽が流れると部屋が薄暗くなる。画面からあふれる光でカラフルに照らされる、優子の滑らかな頬の輪郭。

卒業式後には、大学の入学式がある。夏紀は優子と希美と同じ大学に行くから、いまひとつ離れればなれという実感が湧かない。二年生のときに吹奏楽部に希美が復帰してから、四人はたいてい一緒にいた。日常が延々と続いていくかのような錯覚に陥りそうになるが、みぞれの音大の話が出るたびにそれが幻想だったと思い知る。

みぞれは音楽大学を受験する。そこに、希美がいなくとも。

「はーあ」

深いため息をついた夏紀に、優子が「どうしたん」と呆れ顔で聞いてくる。端末をテーブルの上に置き、彼女は微かに目を細めた。何もかもお見通しみたいな眼差しがちょっとだけ気に食わなくて、夏紀はわざと明るい声音を作った。

「大学行ったらなんのサークル入ろうかなって」

「希美はオーケストラサークルに入るって言うてた」

「そりゃあの子はそうでしょ、フルート大好きっ子じゃん」

「夏紀はどうすんの」

「んー」

ギターを抱えるようにして持ちながら、夏紀は頬杖を突く。希美のように同じ楽器を続けるつもりは毛頭なかった。吹奏楽部での活動でとっくに満足していたから。夏紀たちの代は二年生のときも三年生のときも華々しい結果を残したし、副部長としての仕事も柄にもなく全力でやり切った。燃え尽きた、という表現がいちばんぴったりかもしれない。

そう、夏紀は燃え尽きたのだ。いまでもユーフォは好きだし、吹奏楽部も好き。だけどそれ以上に、もうあんなふうに一生懸命頑張りたくない。疲れたから。

「優子は？」

問いかけに、優子は手元にあるギターをぎゅっと抱き締めるようにつかんだ。

「うちはギターやりたい」

「いまみたいに？」

「いま以上に」

「部長は軽音楽に浮気ですか」

「浮気じゃなくて、どっちも本命なの」

弦を指先で押さえながら、優子が紫色のピックでギターをかき鳴らす。テレビモニターから流れる音声に入り混じり、即席の音楽が狭い空間に生み出された。優子はいつも楽しそうにギターを弾く。彼女の小さな唇が「ルルル」と名もないメロディーを刻んだ。

夏紀はどうだろうか。ギターを弾くのは好きだけれど、それだけだ。プロになりたいと思ったこともないし、なれるとも思わない。

低音パートには、強豪校出身のひとつ下の後輩がいた。彼女が担当していたのは、吹奏楽部で唯一の弦楽器であるコントラバスだった。小柄な彼女に不似合いな、全長二メートルほどもある楽器だ。だが、そんな体格差をものともせず、後輩は無邪気に笑いながら演奏の腕前を披露した。すさまじかった。圧倒的だった。

そんなあの子が演奏会でギターを弾いたとき、正直言ってゾッとした。同じ弦楽器だからという理由で、コントラバスの子はギターを担当させられやすい。後輩は「中学のころもよく弾かされました」と笑いながら、平然と難度の高い譜面を演奏していた。

こういうのを才能と呼ぶのだと実感したのに、それでも自分がギターを続けているのはなぜなのだろう。地球には天才も努力家もごまんとあふれているから、凡人である自分が音楽をやる意味をときおり見失いそうになる。

「あ、アンタの好きなバンドじゃん」

優子の言葉に、夏紀は落ちていた視線を意識的に上げた。カラオケルームで流れる情報番組に、アントワープブルーが出演していた。夏紀が買ったばかりの新譜の話をしている。ボーカルが何か言うたびに、MCの若い女が大げさに相槌を打った。

「聞いてる人が楽しいって思ってくれるような曲を作りたくて」

芸能人にふさわしい白い歯をのぞかせながら、ボーカルは穏やかに言葉を紡ぐ。べつに、聞いている人間のことなんて気にしなくてよかったのに。メンバーたちが楽しんでいる姿を見るのが、夏紀にとっての楽しさだったのに。

「うち、最新曲は結構好き」

画面を指差しながら、優子が屈託なく告げる。本当に趣味が正反対だな、と夏紀は思わず苦笑した。

カラオケからの帰り道は普段より歩みが遅くなる。背負ったギターの重さのせいだ。結局この日、夏紀と優子は開店した十時からフリータイムが終わる十九時までカラオケ店に居座った。価格が安いため、北宇治高校の生徒と鉢合わせすることもよくある。前に吹奏楽部の一年生と出くわしたとき、「部長と副部長って相変わらず仲いいですねぇ」と呆れ気味に言われたのはちょっと解せなかった。おもに「相変わらず」の部分が。

「希美は最後までギターやらんかったな」

夏紀のつぶやきに、優子が「フルートひと筋やし」とどこか拗ねるように言った。これまでもギターを始めないかと優子が何度か声をかけたことがあったが、そのたびに希美は断っていた。誰彼構わず優しくするように見せて、意外と頑固なところがあるのだ。

吐き出した息が白い。視界にちらつく雪に、夏紀は空を見上げた。水分を多く含んだ濡れ雪だ。大きな雪の粒が地面に落ちるころには、ほとんど水となって溶けていた。雨ならば傘をさすけれど、雪ならば気にするほどのものでもないだろうか。優子のコートに水玉模様ができるのを目で追いながら、夏紀は自身の肘をさすった。

「二人とも、どっかの帰り？」

何かを見つけた優子が、声を弾ませながら駆け出した。彼女が手を振る先にいるのは、希美と菫の二人だった。希美の先約とは菫のことだったらしい。優子のあとを追いかける夏紀の姿を見て、なぜか菫と希美は顔を見合わせて笑った。

「夏紀と優子はいっつも一緒におるなぁ」とニタニタしながら菫が言う。

「べつにいつもってわけじゃないけど。で、二人はどこ行ってたん？」

さりげなく否定しながら、優子が同じ内容の問いを繰り返す。希美はショルダーバッグのなかを探ると、「これ」とチラシを取り出した。長方形の黄色の紙には、やたらとお洒落《しゃれ》なフォントでカフェの名前が印刷されている。

「何これ」

「会場の下見よ。ここでイベントやんの」

夏紀の問いに、答えたのは菫だった。「イベント」と優子が目をぱちくりさせている。

「吹部辞めてから、五人でインストバンド組んだでしょ？　で、そのバンドだけでカフェを貸し切りにして卒業記念イベントやろうと思ってるの。チケットは一人千五百円、友達四十人呼べればペイできるかなって感じ」

「希美は軽音部関係なくない？」

「うちはおもしろそうやから付き添いしてるだけ。せっかく菫たちが頑張るんやもん、応援したいやん」

「希美もバンドメンバーに加わるかって聞いたらフラれてん」

悲しいわぁ、と菫が感情のこもっていない声で言った。希美が軽く眉を下げる。

「だって、レチクルのメンバーは五人でしょ？　うちが急に加わるわけにはいかないって」

「ゲスト参加でもええのに」

「参加するならスタッフとしてかな。いろいろ手伝うこともあるでしょ」

「希美ぃ！　なんていいやつなんだ、助かる！」

芝居じみた口調で菫が希美に抱きついている。菫のテンションが高いのはいつものことで、希美はアハハと口を開けて笑っていた。

『レチクル』とは菫たちが結成したインストバンドの名前だ。吹奏楽部を辞めた五人で結成したため、ドラム、キーボード、トランペット、サックス、トロンボーンという編成だ。演奏するのはもっぱらジャズで、校外のイベントなんかにも出演している。

「あ、ってかさ、夏紀たちに頼めば？」

呑気《のんき》に笑っていた希美が突然こちらに矛先を向けてきた。「何が？」と首を傾げた夏紀を放置し、菫はうれしそうに両手を叩き鳴らした。

「それいいかも！」

「いや、だから何が？」

「イベントのオープニングアクトやってくれるバンドを探してたの！　うちのバンドだけで二時間ってのも物足りひんし、誰か出てくれへんかなって。ほら、歌モノとかいたら盛り上がりそうやん」

「いや、うちには知り合いのバンドとかおらんけど？」

率直な答えだったというのに、菫はおかしそうにゲラゲラと声を上げて笑った。

「なんでそうなんの。夏紀と優子の二人で出ればええやん。ツインギターで」

「はぁ？」

聞き返す夏紀と優子の声が見事にハモった。「息ぴったし」と希美が余計な合いの手を入れる。

「南中の子らも来てくれるからさ、優子と夏紀が楽しそうにやってるところ見たら喜ぶって。ツーピースバンド、どうよ」

どうよも何も、優子とバンドを組む気はまったくない。すぐさま断ろうとした夏紀の腕をつかみ、希美が無邪気に笑いかけた。

「ええやん。部長と副部長コンビが見られたら、吹部の子らも喜ぶって！」

部長と副部長。その肩書きが自分と優子のものであると、菫に思われるのが少し後ろめたい。菫にとってはきっとまだ、吹奏楽部の部長とは希美のことを指す言葉だ。

先ほど途切れた回想の続きは、バッドエンドでもありハッピーエンドでもあった。菫や希美たちが吹奏楽部を辞めた翌年、北宇治高校には産休に入った梨香子先生に代わって、滝《たき》という新しい音楽教師がやってきて部の顧問になった。前とは真逆のタイプの、スパルタ&イケメン&敏腕指導者という高校生の理想と悪夢が合わさったような存在だった。

最初のころは「悪魔」だの「鬼」だのとひどい言われようだったが、怠惰だった部の空気は滝の指導によって見る間に塗り替えられていった。本当に見事な手腕だった。辞めていった部員たちの葛藤はなんだったのかと、乾いた笑いが漏れるくらいに。

希美が部に戻ってきたのは、夏紀たちが二年生だった夏の出来事だ。弱小校だった北宇治高校は関西大会に出場を決めており、Aメンバーの五十五人もすでに確定していた。生まれ変わった北宇治の姿を見て、希美は社会人サークルを辞めて吹奏楽部に復帰することにした。当然、その年のコンクールに彼女は参加できなかった。

もしも希美が部活を辞めなければ、きっと未来は変わっていただろう。最初から部の中枢に食い込み、その才覚を遺憾なく発揮していたはずだ。部長だって、優子ではなく希美が務めていたかもしれない。それを補佐する副部長の優子の姿を思い浮かべると、自分の想像力の豊かさを恨みたくなるぐらいには様になっていた。

三年生になって希美がコンクールメンバーになっても、関西大会で結果を出しても、夏紀の心の根深いところには罪悪感が巣くっている。

だってあのとき、希美の背を押したのは間違いなく夏紀なのだ。

部活に残れと言えばよかった。アンタ以上に吹奏楽が好きなやつなんていないよ、となんでもない顔で言えばよかった。だが、すべては過ぎ去った過去の話だ。

ぽつんと鼻先に落ちた冷たさが雪であることに少し驚く。分岐点であったあの夏から、気づけばずいぶんと遠いところに来た。「お願い！」と手を合わせて頼む菫の面差しに未練なんてひとつもなくて、夏紀はフッと白い息を吐き出す。

自分の抱く感傷は、もしかしたら彼女たちに対する侮辱かもしれない。

「いいかもね、バンド」

夏紀がうなずくと、「友よ！」と菫は両手を上げて大げさに喜んでみせた。

「勝手に決めんといてよ」

頬を膨らませる優子の前髪に、白い雪の粒がついている。親指と人差し指でつまみとってやると、優子はますます不服そうに眉根を寄せた。

「ええやん、優子もほんまはやる気やったやろ？」

「やること自体はいい。そうじゃなくて、夏紀が勝手に決めたことがムカつくの」

「めんどくさ」

「なんやて？」

「ほーら、優子ちゃん。一緒にバンド組もうねぇー」

「うちは五歳児じゃないんですけどぉ？」

見せかけの不機嫌に、夏紀はわざと振り回されてやる。それが優子なりの甘え方であることを、いまの自分は知っているからだ。

「ほんま、二人は仲ええな」

軽やかな口調で告げる希美の横顔を、夏紀はそっと盗み見る。希美が愁いをうかがわせるのはいつも一瞬だ。雲の切れ間から差し込む月光みたいな、刹那的なまばゆさがある。

唇の端が上がり、白い歯がのぞき、希美の顔にいつもの快活な笑顔が戻る。

「うちもさ、みぞれと一緒に応援するから」

希美の言葉に、優子は「しゃあないなぁ」と満更でもない声音で応じた。背中にあるギターの重みを感じながら、夏紀は緩みそうになっている首元のマフラーを巻き直す。

背負っているのがユーフォニアムでないという事実が、ほんの少しだけ寂しかった。

第一話　傘木希美はツキがない。
（そういうところも好きだったり）

第二話

鎧塚みぞれは視野が狭い。

「合格おめでとう！」

お祝いの言葉とともに盛大に拍手したのは優子だった。老舗珈琲店《コーヒーてん》の一角、ソファー席では夏紀と優子、希美とみぞれが向かい合って座っている。二月になり、最近は学校に行く回数もめっきり減った。多くの生徒が一般入試を間近に控えるなか、夏紀たち合格組は気楽な時間を過ごしている。

みぞれは相変わらずの無表情で、ぱちぱちと緩慢に目を瞬かせた。彼女の前に置かれているのは、優子が勝手に注文したジャンボフルーツパフェだった。透明なピッチャーに、エクレアやシュークリームやらフルーツやらがこれでもかというくらいに盛られている。この店の名物メニューだ。値段は少々お高めだが、今日はみぞれのお祝いということで三人のおごりだった。

「みぞれもついに春から音大生かぁ」

「個人レッスンの成果が出たな」

「忘れ物とかしいひんか、心配になるわ」

好き勝手なことを言う三人の言葉に、みぞれは曖昧に首を傾けたりうなずいたりしている。

みぞれは一般入試ではなく推薦枠での受験だったから、合否は先生経由で伝えられた。推薦枠というと入りやすそうに聞こえるが、定員数が片手で数えられるほどしかないため、競争率がとんでもないことになっていた。推薦枠がダメだったら一般入試でもう一度同じ学校を受けることになっているという説明を、夏紀はなぜか優子から聞いた。音大入試で浪人する学生は珍しくはない。だが、みぞれはそうならないだろうなと夏紀はなんとなく思っていた。

あの日、廊下で待ち構えていた三人に向かってみぞれが放ったのは、「受かった」というシンプルなひと言だけだった。優子はなぜか泣き、希美は大人びた笑みをたたえてみぞれの背中をなでた。出遅れた夏紀はとりあえずピースすることにした。みぞれは不思議そうな顔で、それでも同じポーズを返してくれた。

そしてあれよあれよという間に、お祝いという名目でみぞれを引っ張り出して珈琲店へとやってきた。本当は五万円くらいする超ジャンボパフェを食べてみたかったけれど、量が量だけに四人で食べきるのは難しそうだった。今度、吹奏楽部を引退した同学年の連中を集めて挑戦するのもいいかもしれない。

「先生たちもみぞれのことを心配しててんで」

そう告げる優子の両目はいまだに潤んでいた。人気ブランドの花柄のハンカチを口元に押し当て、優子は先ほどから「よかった」を繰り返している。はたから見たらみぞれじゃなくて優子が合格したかのように勘違いするかもしれない。

みぞれの音大入試には大いなるドラマが存在した、ような、してないような。事の発端は吹奏楽部の外部指導者である新山《にいやま》先生が音大受験を勧めたことだった。その時点で進路の決まっていなかったみぞれはあっさりと志望校を決めた。

　音大の入試にはそれぞれ用の勉強やレッスンが必要だったため、みぞれの夏休みはかなり多忙なものとなった。夏紀なんて吹奏楽部の練習だけでヘトヘトになっていたというのに、みぞれは涼しい顔でどちらもこなしていた。精巧なビスク・ドールのような儚《はかな》げな見た目とは裏腹に、みぞれは意外と根性がある。というよりも、努力を努力と思わないタイプの人間だ。みぞれにとって、オーボエの練習はつらいとか楽しいとかそういう領域の外にある。やるのが当然だからやる、ただそれだけ。

　オーボエのプロ奏者になりたいと彼女が言ったことは一度もない。多分、いまですらなりたいとは思っていない。だけどきっと、みぞれはプロになるのだろうと夏紀は漠然と予感している。みぞれはそういう子なのだ。たとえ本人が望んでいなくとも周りが勝手にお膳立てしして、成功へつながる道が自然と目の前に用意されている。

「みぞれだけ大学が違うなんて、ちょっと寂しいなぁ」

　背もたれに身を預け、優子が鼻をすすりながら言った。夏紀は手を伸ばし、パフェに積まれたエクレアを口に運んだ。よく冷えたエクレアは表面のチョコがパリパリしている。噛んだ途端に口内へ広がるカスタードクリームの甘さが、やけにくどく感じられた。

「別々の大学に行くのなんて普通でしょ」

そう言う希美は反対側からアイスクリームをスプーンで掬っている。四人分用意されたパフェ用スプーンは普通のものより柄が長い。

「まぁそりゃそうやな」と夏紀もうなずく。

「むしろ三人で同じ大学に行ってるほうがレアちゃう?」

「家から近いところがよかったしなぁ」

「夏紀らしいな。合理的というかなんというか」

「じゃあ希美はなんであの大学選んだんさ」

「学力と通学時間の兼ね合い」

「似たようなもんやん」

鼻で嗤った夏紀に、「みんな、そんなもんでしょ」と希美が肩をすくめる。彼女が持つ銀色のスプーンの上にある、溶けかけのバニラアイスクリーム。

「大学行ったら希美はオーケストラサークル入るんでしょ?」

ティッシュで鼻をかんだ優子がしれっと会話に混じってくる。その正面に座るみぞれはというと、無言でさくらんぼを咀嚼《そしゃく》していた。

「入るつもり。コンクールで全国とかも行ってるサークルやし」

「大学でも続けるとか、希美はマジですごい」

普段どおりに言ったつもりだったのに、ずいぶんとしみじみとした響きになってしまった。希美がカラカラと明るく笑う。

「逆に、夏紀は続けへんねんな」

「無理無理。あんな生活もう耐えられん」

「夏紀ってば軟弱なんやから」と優子が茶化す。続けるつもりがないのは同じなくせに。

「ま、高校で燃え尽きる子は多いしな。とくに二人は一年間めちゃくちゃ頑張ってたし。いい部長といい副部長やった」

コクリ、とみぞれが黙ってうなずく。口元を手で押さえているのは、なかに食べ物が入っているからのようだ。

「いい部長やってさ」

隣に座る優子を小突いてやると、「照れ隠しに巻き込まんといて」と彼女は唇をとがらせた。

「大学行ってみぞれに彼氏できたらどうしよう」

優子のひと言に、オレンジをかじっていた希美がむせた。咳《せ》き込む希美をみぞれが
「大丈夫？」と心配そうな顔で見ている。

「えらい急やな」

「そう？　みぞれってばモテそうやん」

「優子と違って？」

「はぁ？　うちはモテますけど？」

「確かにアンタは黙ってたら可愛いからなぁ」

「黙ってたらって何よ。二十四時間可愛いでしょうが」

「はいはい」

笑いつつも、夏紀には希美が動揺する気持ちがなんとなく理解できてしまった。自分と同い年の女子高生であるとはわかっているものの、みぞれの存在はどこか聖域めいている。俗物的なものに触れてほしくないというか、ずっと清らかでいてほしいと思ってしまうというか。

「低音の二人は付き合ってたやん」

「あー、後藤《ごとう》と梨子《りこ》ね」

吹奏楽部のなかには部内カップルが何組か存在していて、くっついたり離れたりと忙しい。夏紀が名前を出した二人は北宇治のベストパートナーと名高いチューバパートのカップルで、ひねくれた夏紀にも辛抱強く付き合ってくれていた。あの二人は多分、数年以内に結婚する。

「希美こそ、さっさと彼氏作りそう。っていうか、高校で作らんかったんが信じられん」

ウエハースでストロベリーアイスクリームを掬いながら、夏紀はちらりと希美を見る。彼女が軽く首を左右に振ると、高い位置で結われたポニーテールが生き物のように大きく揺れた。

「だって、それどころじゃなかったし」

「あー、まあね」

「夏紀だってそうやんか」

「それこそ同じ理由やな。部活忙しくてそれどころじゃなかった」

もしも夏紀に好きな男がいたなら、多忙な部活動の合間を縫ったって、一秒でもいいから会いたいと思ったかもしれない。だがいまのところ、夏紀にとっての恋とはおとぎ話のなかに出てくる架空の存在だ。そんなよくわからないものに振り回される自分の姿が想像できない。

「ってか、部活がすごすぎて男といても刺激が足りひん」

したり顔の優子の口に、夏紀はウエハースを突っ込んだ。

「付き合ったことないくせになんか言うてはりますわ」

優子は律義に口の中身を飲み込むと、それから勢いよく反論した。

「付き合おうと思ったらいつでも付き合えるし！」

「アンタみたいなやつに付き合えるやつ、そうそうおらんでしょ。性格がアレやし」

「アレって何よアレって！」

バンバンとテーブルを叩く優子に、夏紀と希美は顔を見合わせた。優子は男子にそこそこ人気があったが、その性格の苛烈さから、身近になればなるほど恋愛対象から外される傾向にあった。それでも何度か告白されていることも、そのたびにすっぱりと振っていることも夏紀は知っている。

「ぶっちゃけさ、お試しでもいいから付き合ってみたらよかったのに」

思わずつぶやいた夏紀に、優子はフンと鼻を鳴らした。

「べつに、一緒にいたいと思わない人に時間を割きたくないだけ」

「うわ」と聞こえた声は二人分。夏紀と希美の声だった。

それまで無言でフルーツを咀嚼していたみぞれが、不思議そうに首を傾げる。首筋に沿って伸びる襟足から、彼女の真っ白な肌がのぞいていた。

「みんなは恋人、欲しいの？」

赤ちゃんってどうやってできるの？　みたいな、暴力的な無垢《むく》が詰まった問いかけだった。

優子や希美にならテキトーに流せる問いかけも、みぞれ相手だとわけが違う。肯定も否定も本音とはほど遠い気がして、夏紀は「うーん」と両腕を組んでうなった。べつに心の底から欲しいと思っているわけじゃないけど、だからといっていらないと思っているわけでもない。

「逆に、みぞれは欲しくないの？」

　希美の問いに、みぞれは微かに眉間に皺を寄せた。

「想像ができない」

「あー」

　確かに、みぞれが特定の男子と手をつないでいる姿を思い描くのは難しい。彼女の白い指が、日に焼けたたくましい腕を遠慮がちにつかむ。恥ずかしがって目を伏せるみぞれの仕草までは想像できるものの、では実際のみぞれがそんな可憐な心の機微を態度に示すだろうかという疑問が残る。とっさに脳裏に浮かんだ情景は、外側がみぞれなだけで、内面が一切伴っていない。

「みぞれに彼氏ができたら寝込むかも」と優子がやけに真面目な顔で言う。本当に寝込みそうだな、とパフェの底からシリアルをかき出しながら夏紀は思った。

「みぞれは彼氏ができたらデートで行きたい場所ある？」

「デートじゃなくても、行きたいとこならある」

　そう言って、みぞれはゴソゴソと鞄のなかをあさり出した。「みぞれがそんなこと言うの珍しいな」と希美が興味深そうにのぞき込んでいる。

「これ」

みぞれが掲げたのは、駅のラックに入っていた地元の遊園地のチラシだった。写真では壮大に写っている観覧車だが、実際はそれほど高さがない。スプリングフェスタのときに吹奏楽部で演奏しに行ったことのある場所だ。

「遊園地か、意外」

「でもええんちゃう？　確かいまの時期は夜にイルミネーションもしてたし」

「しかも空《す》いてるな、二月やし」

「みぞれはなんで遊園地に行きたいの？」

「楽しそうだから」

「おお、なんて素晴らしい理由なんや。みぞれが言うならすぐ行こう、明日にでも」

「張り切りすぎか」

鼻息を荒くする優子を一瞥し、夏紀はテーブルに肘を突く。会話に夢中になっていたせいで、ピッチャーのなかのアイスクリームがすっかり柔らかくなっていた。

「明日は予定あるから無理やけど、明後日ならいいで」

希美の言葉に、みぞれが器用に目だけを輝かせる。目尻から目頭までびっしりと生えた細い睫毛が、彼女の感情を示すようにふるりと震えた。

「うれしい」

薄い唇にのる、微かな笑み。隣にいた希美には見えなかっただろうけれど、正面に座る夏紀と優子の目は花が綻んだような微笑を確かに捉えていた。

その後、「じゃ、また明後日に」と手を振った希美とまだ食べ足りなそうな顔をしたみぞれを見送り、夏紀と優子はいまだに喫茶店に居座っていた。先ほどまでは隣り合って座っていたが、いまは向き合うようにして座っている。この時間からは、三月に行われるバンドイベントのための作戦会議だ。

「で？　曲どうすんのよ」

こちらをじとりと見上げる優子の両目からは、先ほどまでの過保護な甘さが消えていた。優子はみぞれのことを一人じゃ何もできない子供みたいに思っている節がある。四人で平らげたピッチャー入りのパフェはすでに片づけられ、二人の前には水の入ったグラスしかない。口のなかにはまだ甘ったるさが残っていたが、珈琲や紅茶を気軽に注文できるほど、女子高生の経済力に余裕はなかった。だが、遊園地には絶対に行きたいから、帰宅してから母親と小遣いの交渉をせねばならない。

「まだ決めてない」

「決めてないって言っても、来月には本番なんですけどぉ？」

「わかってるって」

「副部長のときはあんなにキビキビやってたのに」

「そりゃ、やることなんて部長の補佐やったし」

「じゃ、今回もうちが曲決めてもええけど？」

「優子の趣味、あんま好きとちゃうもん。可愛すぎるっていうか」

「アンタも人のこと言えないでしょ。ピー音入るような過激な歌とか好きじゃん」

「マジで好き」

「素直か」

テーブルの下で、優子が軽く足を上げる気配がした。部活をやっていたときもそうだったなと夏紀はふと口元を緩める。

高校の三年間、もっとも時間をともにした人物は？　と聞かれたら、夏紀は確信を持って目の前の相手だと答えられる。北宇治の吹奏楽部では部長と副部長は先輩の指名で決まることになっているので、優子と夏紀がそうなったのはこれっぽっちも自分の意思とは関係ない。

いまから一年前の冬、次の部長は優子だと聞いたとき、それ以外ありえないなと思った。彼女の声には力がある。少し高くて、よく通る。鼓舞《こぶ》するような言葉選びが上手く、根拠のない自信を与えるのが得意だ。優子には煽動家《せんどうか》の適性がある。いい意味でも悪い意味でも。

「夏紀なら吉川優子の相棒も務まるでしょ」

そうあっけらかんと言い放ったひとつ上の先輩、田中あすかの胡散くさい笑顔はいまでもよく覚えている。

冗談みたいな軽さで、だけど拒否することを許さない声をしていた。あすかは他人が自分に忖度《そんたく》するように誘導するのが上手かった。あれが自分と同じ高校生であったという現実がいまでも少し信じられない。

「でも、うちじゃ力不足やと思いますよ、副部長なんて。だいたい、今年もBメンバーでしたし」

高校二年生の春に新しい顧問がやってきてからというもの、北宇治吹奏楽部のシステムは完全に組み替えられた。年上優先というルールはなくなり、コンクールメンバーはオーディションで決められた。実力が絶対の指針で、一年生が三年生を差し置いてソロを担当することもあった。

ひとつ下の後輩、黄前《おうまえ》久美子は夏紀よりもずっとユーフォニアムが上手かった。小学生のときにユーフォニアムを吹き始め、今年で七年目なのだという。それに比べて夏紀は高校で始めた初心者で、さらには練習も手を抜くタイプだった。これで勝ち目があると思うやつがいるとしたら、うぬぼれ屋か大バカのどちらかだ。

自分ではなく久美子がAメンバー入りしたとわかったときも、夏紀は一切の不満を抱かなかった。悔しいとすら感じず、そりゃそうだよなとどこか他人事のように思った。実力主義のいまの北宇治では、それが正解だとわかっていたから。

「まぁ、ぶっちゃけ副部長がBになられると困るけどさ」

人けのない校舎の踊り場で、あすかは自身の後頭部を軽くかいた。藍色のセーラー服の裾から、すらりとした長い脚が伸びている。

その背後にある窓の向こうではすでに日が沈んでいた。すべてが濃い青に塗り潰される、夜の静けさをまとったブルーアワー。

「でも三年生の夏紀は大丈夫やろ」

「何を根拠に」

「だって夏紀、二年生になってからはいろいろと一生懸命やるようになったやん」

「それはサボるのが許されない空気になったからですよ」

「滝先生のせい？　それともうちのせい？」

「『せい』ではなく『おかげ』ですかね」

「あらまぁ、そつのない答えやこと」

片頬に手を添え、あすかは音もなく口角を上げた。通った鼻筋、ぱっちりとした二重瞼。彼女の容貌はおそろしいくらいに整っているから、騒がしさでかき消してくれないと途端に威圧感を覚える。あすかの赤い唇がめくれるように裂け、笑みに区分されるであろう妖艶な表情が浮かび上がる。

「正直、副部長は夏紀じゃなくてもええの」

「だったら――」

「でも、優子が部長なら副部長は夏紀じゃないとあかん。それ以外の人間には無理や、あの子の相棒は」

「そんなことないですよ。優子は意外と誰とでも上手くやれます」

「上手くやられたら困るんや」

「どういうことですか？」

困惑を隠せず、夏紀はあすかの顔を見上げた。「ちょっとは自分で考えてみぃ」と赤い眼鏡の奥であすかが目を細める。

「優子は感情的になりやすいけど、意外と他人に気を遣う性格をしてる。自分よりも他人を優先するし、怒る理由も自分より他人。自分のダメージに鈍感すぎる」

みぞれちゃんとは真逆やな、とあすかが茶化すように言う。夏紀は押し黙った。

吉川優子という人間を夏紀は好意的に思っている。裏表がほとんどないし、竹を割ったような性格をしている。嫌なものは嫌と言い、間違っていると感じたときには行動を起こす。周囲の人間への影響力が強く、気づけば周りを振り回している。

それとは逆に、鎧塚みぞれの世界は狭かった。そもそも他人をどうこうしようという気概がなく、膨れ上がった自意識に振り回されてばかりいる。みぞれの世界には希美以外の登場人物がほとんどいない。それが気に食わなくてあがいているのが優子で、第三者の距離を保ちながら事態を見守っているのが夏紀だった。

「隠すの上手いで、あの子は」

「みぞれがですか」

「そっちちゃう。優子のほう」

あすかの発した『隠す』という言葉に、夏紀は強烈な違和感を覚える。優子と『隠す』は対極に位置していたから、どうしても結びつけることができなかった。

「優子は嘘が下手ですよ」

「それは隠すつもりがないからよ。あの子が本気で隠そうとしたらみんな気づけへん。そこで夏紀の出番ってワケ」

「はぁ」

「夏紀相手なら、優子は完璧な部長になりきれへん。絶対にぼろを出す」

「そうですかね？」

「アンタだってそうやん。優子の前では皮肉屋の夏紀ちゃんになりきれへん」

「うち、べつに皮肉屋じゃないですけど」

「じゃあ何、斜に構えてる割に意外と人懐っこい人間ってなんて表現したらええわけ？　ツンデレ？」

「むしろツンデレなんは優子のほうだと思いますけどね。っていうか、あすか先輩、うちのことそんなふうに思ってたんですか？」

斜に構えているまでは許容できるが、人懐っこいはいただけない。夏紀は自分のことをクールなやつだと思っているし、そう思われるように振る舞ってきたはずだ。口をへの字に曲げた夏紀を見て、あすかはなぜかケラケラと愉快そうに笑った。

「そこがアンタのええとこやんか。諦めぐせが板についてる」

「絶対に褒められてないことは理解しました」

「褒めてるって。夏紀の場合、それが人間関係にプラスに作用してる。コンクールのメンバー争いの件もそうやな。先輩を差し置いてAになった久美子に八つ当たりせず、フォローまでしてくれてた」

「そんなの当たり前じゃないですか。久美子は実力でAメンバーになったんですから」

「そうちゃんと思える子は意外と少ないよって話。ほら、うちらの一個上の代の先輩らのこと思い出してみ？　下手くそなくせに本番では目立ちたがってたやろ？」

「アイツらと一緒にするのはやめてください」

だいたい、練習はしたくないけど演奏では目立ちたいという思考が夏紀にはまったく理解できない。練習をサボるなら、本番も出なければいい。手を抜くというのはそういうことだし、だからこそ夏紀は後輩に抜かされてもなんとも思わない。悔しがるなんておこがましい、それに見合う努力をしていないという自覚がある。

長い黒髪を指で梳《す》きながら、あすかはフッと短く空気を吐いた。鼻で嗤われたのか、単なる吐息か。

「優子のブレーキ役になってやれるのは、いまの部では夏紀しかおらん」

「希美はどうですか？　あの子は南中では部長でしたし、優子とも付き合い長いですし」

「無理無理。あの子は同じ時間を共有してへんから」

「同じ時間？」

「滝先生が来て、いままでの北宇治の常識が無茶苦茶に破壊されていったあの時間。傘木希美は所詮、軌道に乗ってから戻ってきただけのよそ者よ」

雨漏りする家のなかにいるときみたいに、心の内側にヒヤリとした何かが落ちた。耳に触れた瞬間に寒気がする、不愉快な四文字。よそ者。そうか、希美はまだよそ者か。

いつの間にか外はすっかり暗くなり、視界は影で覆われている。踊り場の蛍光灯はスイッチを入れなければ点《つ》かないから、夏紀かあすかが動かなければこの場所はずっと暗いままだった。

「あすか先輩は希美のことをよそ者だと思ってるんですか？」

確かに、希美がこの部に戻ってきたのは北宇治が関西大会進出を決めたあとのタイミングだった。そのころには怠惰な吹奏楽部の面影は綺麗になくなり、皆が一致団結して全国大会を目指していた。

「逆に、思ってへんやつがレアちゃう？　普通に馴染んでるけど、それでも部長や副部長みたいな役職を担えるほど人望あるかって言ったらそれは別問題よ」

「でも、中学のときは――」

「アンタがいま口にしたのが答えでしょ。ここは北宇治高校であって、南中じゃない。よその人間関係を持ち込んで、同じように活躍できると期待するのは無責任や」

バッサリと切り捨てられ、夏紀は反論する言葉を失った。

時間を共有できなかったことを悔やむのは夏紀の専売特許だったのに、気づけば希美に奪われてしまった。あんな疎外感を、希美には味わわせたくなかったのに。

「夏紀なら、優子がとりこぼす部分もカバーできる。今年Bメンバーやったっていうのもみんなから共感を得る強みになりうる。楽器を吹く能力と人の上に立つ適性は別もんやしな」

「あすか先輩はうちを過大評価しすぎですよ」

「そんなことないよ。うちはアンタをまっとうに評価してる」

ぐっと、喉の奥から妙な音が漏れた。ちょろいと思われたくないのに、それでもこらえきれない喜びが噛み締めた唇からこぼれる。

こちらの内心を読み取ったかのように、あすかがクックッと喉奥を鳴らして笑った。長い腕を伸ばし、あすかは夏紀の頭を乱雑になでた。

「部長のこと、支えてやってな」

ズルい人だ、と夏紀は口内で小さく舌打ちした。八割が照れ隠し、残り二割が素直に従うのは癪《しゃく》だなというちょっとした反抗心だった。

初めからわかっていたのだ。それがあすかの頼みなら、夏紀は絶対に断れない。助けてもらったあの夏の日の恩を返せるタイミングを、夏紀はいつだってうかがっていた。

「で、曲は結局どうするんよ」

つんとスニーカーの先端で足を突かれ、夏紀の回想は幕を閉じた。スマートフォンをいじる優子は、先ほどから流行《はや》りのアーティストの名前をいくつか挙げている。コピーバンドであることは決定しているが、逆に言うとそれ以外は何も決まっていない。

「ツインギターってのが悩ましいところなんよなぁ」

「菫がドラム追加したらって言ってた。吹部のパーカスの子を誘えばって」

「ほかの人間誘うってのもピンとこうへんやん」

「じゃあやっぱ二人で決定やん。もうあれでええんとちゃう？　夏紀の好きなバンド。ほら、この前カラオケで見た」

「アントワープブルー？」

「そうそれ。カフェの雰囲気にも合うし」

ほら、と優子が見せてきたスマホ画面には、会場となるカフェのお洒落な内装が映っている。打ちっ放しのコンクリートの壁、至るところに吊された観葉植物。テーブルと椅子は明るいキャメル色で、コースターなどの小物は深いインディゴブルーで統一されていた。

「新曲もカラオケで譜面配布されてたやんか。ちょうどよくない？」

「よくない」

「なんで？」

「うちはあの曲好きちゃうし。インディーズ時代の曲のほうがとがっててよかった。『アントワープブルー』とか」

「はい？　だからアントワープブルーの曲やろうやって言うてるやん」

「そうじゃなくて、『アントワープブルー』っていうデビュー曲があんの。バンド名はその曲名からとってる」

「へえ、それは知らんかった」

優子の指がスマホの画面上を滑り、動画サイトからお目当ての曲を見つけてくる。非公式のアカウントがアップしている昔のライブ映像だった。時間は四分二十一秒。メンバー二人はいまより五歳ほど若く、野暮ったさが目立つ。

「これ？」

「これ」

ワイヤレスイヤホンの片方を左耳に挿し、優子は真面目な顔で歌に聞き入っている。夏紀は頬杖を突きながら、曲が終わるのを待っている。

「代替品がそこらじゅうにあふれてるのに、自分を大事にする意味ってなんだよ」

声に出さずにつぶやいた言葉は、『アントワープブルー』の一節だった。二番の歌詞だ。中学生のときに何度も聞いた。絡みつくギターの旋律、ボーカルのがなるような歌声。獣の咆哮を思わせる、品のない叫びが好きだった。馬鹿になってるって感じがするから。

『僕は君になりたかった。

おめでとうって笑顔で言える、優しくて素敵で良い奴に。
僕は君になりたかった。
なりたかったのに。
結局、僕は君のなりそこないなんだ。

太陽とか月だとか　使い古された喩《たと》えで
勝手に理解した気になってんじゃねぇよ。
君に僕がわかってたまるか。
傲慢で臆病で身勝手な僕を。
期待なんてしたくないんだ、とっとと要らないと言ってくれ。
君の差し伸べる手が僕を永遠に苦しめるんだ。

君は僕を大事にしたい。
僕は僕を大事にしない。
めちゃくちゃに壊してやりたいんだ、今すぐに。
僕は君を。僕は僕を。』

中学生の夏紀の感性に、グッサリと刺さった歌だった。家のなかではところ構わず口ずさんでいたし、母親には「陰気くさい歌やな」と切り捨てられた。だけど、夏紀はそこが好きだった。陽気な曲より陰気な曲のほうが、繰り返し聞こうという気分になる。

「いいんじゃない」

イヤホンを外し、優子がこちらを見る。動画の再生は終わっており、スマートフォンの画面には化粧水のＣＭが映し出されていた。

「ほんまにいいん？」

「うちの趣味じゃないけど、夏紀は好きそう。ボーカルは夏紀でしょ？」

「いや、優子やろ」

「え？」

「は？」

どうやら互いの認識に重大な齟齬《そご》があったようだ。夏紀と優子は意味もなく見つめ合った。

「いやいや、うちは夏紀が歌うと思ってたから曲選び任せてたんやけど？」

「でも優子のほうが歌上手いやん」

「夏紀のほうがこういう曲には合ってる声してるって。あと、単純にまだ弾きながら歌うのは無理。弾くだけで必死」

「それを理由にされるとしゃあないなってなるやん」

「しゃあないなってなってよ」

「なーんか言いくるめられたみたいでムカつく」

肩をすくめた夏紀に、優子はおかしそうに肩を揺らした。人目を気にしていないリラックスした表情を見て、夏紀の唇から間の抜けた空気が漏れた。

「うれしそうな顔して。そんなにうちが歌うのが楽しみ？」

「べつにうれしそうな顔はしてへんし」

「じゃあどんな顔？」

「めんどくさいことせんですんで、ラッキーって顔」

「嘘つきやなぁ」

「夏紀には全部お見通しって？」

「ま、そこそこの付き合いですから」

ふふんと口端を上げると、優子はなぜかちょっとだけ悔しそうな顔をした。「またそういう顔して」と恨めしそうににらまれても、そういう顔がどういう顔を指しているのかがわからない。だが、夏紀に振り回される優子を見るのは気分がいい。

もしも優子に彼氏ができたら。ふと、四人でいたときに出た話題を思い出し、夏紀は自分の唇を片手で覆った。

きっと優子の恋人はいいやつだ。優子の人間を見る目は確かだから、育ちのいい爽やかな好青年を連れてくるだろう。夏紀にはちっとも理解できないファッションセンスで、夏紀にはちっともいいと思えない善良さで、優子の隣に当たり前の顔をして並ぶのだ。

休日にバーベキューをしたら準備なんかも一緒に手伝ってくれて、きっと面倒な仕事も愚痴ひとつ言わない。目が合った夏紀に向かって少し照れたように微笑む。「いつも優子がお世話になってます」なんて言われたところを想像して、架空の男に勝手にムカつく。何がお世話になってます、だよ。こっちはお前の何倍も優子のことを知っているのに。

架空の彼氏にマウントを取っている自分に気づき、その滑稽さに自嘲する。みぞれや希美に彼氏ができても、やっぱり夏紀はイラッとしてしまうのだろう。みぞれに彼氏ができたら寝込むと言った優子の気持ちがいまは少し理解できる。

「優子の彼氏は絶対髪型がマッシュ」

「なんで急に妄想始めたん」

「お洒落眼鏡とか、たまにしてそう」

「あー、そういうギャップは嫌いじゃない。顔は可愛い系がいいかも」

「やっぱりな。勝手に爽やか系イケメンと付き合っとけ」

「情緒不安定なん？」

白い目でこちらを見てくる優子は、仕返しとばかりに夏紀の彼氏がこんなやつだったらシリーズを挙げていた。「髭《ひげ》が生えてそう」「フェスTをパジャマにしてそう」「高いスニーカーをコレクションしてそう」「事あるごとにお金より大事なものがあるって言ってそう」と、さんざんな言い草だ。

「ダブルデートとかしても楽しそうやな」

笑いながら語る優子に、夏紀は思い切り顔をしかめた。絶対に嫌だ。

「遊園地とかさ、四人で回るの」

「遊園地なら明後日も行くやん」

「そういえばみぞれはなんで遊園地行きたいなんて言い出したんやろう。やりたいこと言うてくれて、うち的にはうれしいけど」

簡単に話題が逸れたことにほっとした。テーブルの上で指と指を組みながら、優子は軽く目を伏せる。

「みぞれはもっとワガママ言うてええのにな」

「さんざんやってたでしょ、ワガママ」

「いつ？　みぞれがワガママ言うてるところなんて見たことない」

「全身で叫んでたやん。希美と一緒にいたいって」

みぞれの希美への執着はちょっと異常だと思う。他人の人間関係に口出しなんてしたくないから、夏紀は黙ってそれを許容しているけれど。

みぞれが吹奏楽部を続けていたのも、オーボエを吹き続けているのも、すべては希美のためだった。過去に与えられた希美からの言葉を大事に大事に抱え込んで、それ以外のものを受け取ることにおびえていた。

そんなみぞれが変わったのはいつのことだっただろう。希美が部に戻ってきてすぐのころは、みぞれは希美の顔を見ないように逃げ回っていた。希美から声をかけられることにおびえ、希美に笑いかけられることにおびえ、希美から優しくされることにおびえ……。それでいて、希美にはそのおびえがちっとも伝わっていなかった。

睫毛に押し込められたみぞれの瞳は、唇よりも雄弁に心情を語る。

みぞれが恐れていたのは、希美にとって自分が取るに足らない存在だと思い知らされることだった。

二年生の夏休み期間はとくにひどかった。無人の教室の隅でうずくまり、みぞれは口元に強くタオルを押しつけながら何度か優子と夏紀に本音を吐き出した。

「拒絶されたくない」

「どうでもいいと思われたくない」

「怖い」

「会いたくない」

「気持ち悪い、こんなふうに友達に執着するなんて」

優子はその言葉を優しく受け止め、みぞれの背中をなで、「無理せんでいい」と繰り返した。三人だけの秘密だ。南中出身のメンバーで生き残った、たった三人だけの秘密。

甘やかし合う二人を少し遠くから眺めながら、夏紀は以前に優子から言われた台詞を反芻していた。

――最初に心の扉を開けたのが希美だから、鍵を持ってるのは希美だけなの。

だとしたら報われないなと思う。優子がこれだけ心を砕いても、みぞれを変えられるのは希美だけなのだ。そのくせ、みぞれはそんな自分の状態を希美にだけは絶対に知られたくないと思っている。はたから見たら一目瞭然なのに、自分が秘密にしていればバレないと信じている。その無垢さが、夏紀の目にはひどく傲慢なものに映った。

だって、そこには希美の意思が欠落している。みぞれの想《おも》いはいつも一方的で、自己完結していた。希美は自分を傷つけると思ってるくせに、自分は希美を傷つけるほどの影響力がないと勝手に悟ったつもりでいる。

馬鹿じゃないのか。希美だって、ただの人間なのに。

「希美は、どうして私を誘わなかったの？　部活、辞めたとき」

そうみぞれが直接希美に問いかけたのは、二年生の関西大会前のことだったか。普段は使われていない埃《ほこり》くさい教室に逃げ込んだみぞれは、やっとのことで追いついた希美に向かってひどく静かな声音で尋ねた。

あぁ、これがみぞれのトラウマだったのか、と夏紀はひどく気まずい思いをしたことを覚えている。声をかけなかったのは、夏紀だって同罪だ。

問いを受けた希美はキョトンとした顔で小首を傾げた。「だって、誘う必要なんてなかったやんか」と平然と口にしながら。

「みぞれはずっとこの部活で頑張ってたやん。わたしが腐ってたときも、ずっとさ。評価してくれる人がおらんくても、誰も練習してなくても、みぞれは一人でずっと練習してたやんか。それやのに、部活辞めようなんて誘えるわけないやん。そんなん、頑張ってるみぞれに対して失礼すぎるやろ」

あまりに快活な、翳《かげ》りのない声だった。後ろめたさなんて微塵も感じさせない、ただの友達に対する答え。

無意識のうちに夏紀の喉が鳴った。みぞれと自分は似たようなものかもしれない、とちょっとだけ思った。全方位に向かって照りつける太陽みたいな希美の明るさに引き寄せられて、うっかり吹奏楽部に入ってしまって、ずるずると部活を続けている。

希美の答えを聞いて、みぞれは微かに目を細めた。繊細な造りをした飴細工《あめざいく》みたいに、口に含んだ瞬間にパリパリと崩れ落ちそうな、甘くてか弱い笑みだった。

あの問答を経て、四人は再び一緒に行動するようになった。二人の感情の天秤《てんびん》はまったく釣り合っていなくて、なのに希美がそれに気づく素振りがないのが残酷だった。優子は何度か気づかせようと希美に働きかけていたけれど、夏紀はそのたびにやんわりと制止した。

みぞれが希美を好きなのはみぞれの勝手だし、希美がそれに応える義理なんてない。それに、聡《さと》い希美があれだけの重みのある友愛に対して本当に無自覚だとは、夏紀にはとうてい思えなかった。気づいていないフリを希美が続けるなら、夏紀だってそれに付き合う。

優子がみぞれの味方になるなら、夏紀は希美の味方になるべきだ。

「言ってへんよ」

優子の言葉に我に返る。なんの話をしていただろうか。水の入ったグラスを引き寄せ、夏紀は意味もなくそれを傾ける。こちらを見据える優子の眼差しがあまりに真剣だったものだから、もっと肩の力を抜けばいいのになんて思う。

「みぞれは希美に、一緒にいたいなんて言ってへん。実際に口に出したことは一度もない」

「態度であんなに垂れ流してるのに？」

「それは読み取る側の問題でしょ。みぞれがワガママを言ったわけじゃない」

「まぁ、それは確かにね」

「あの子が自分なんてって卑下しちゃうのは、結局は自己肯定感が低いからなのよ。いまはそこそこマシになったけどね。後輩ができた影響も大きかったかな」

「後輩は可愛いからな」

「実体験？」

「ノーコメント」

　語尾を弾ませた優子の問いに、夏紀はすげなく答える。優子が思い浮かべているのは十中八九、ひとつ下の後輩、黄前久美子のことだ。部長である優子は、何を思ってか夏紀の直属の後輩を次期部長に指名した。二年生のとき、夏紀を差し置いてAメンバーになったあの一年生だ。

　三年生の夏のオーディションでは、夏紀がAメンバーになったことを自分のことのように喜んでくれていた。コンクールには久美子も一緒に出た。肩の上で跳ねる癖っ毛を思い出し、それが身近なものでなくなったことを寂しく思う。先輩と後輩の関係は、同学年の友達よりも途切れやすい。

「みぞれは繊細やから、傷つきやすい」

「そう思ってるのは優子だけかもね。あの子、アンタが思ってるより図太いよ」

「自分の心の動きに鈍いだけ。顔にも出にくいし」

それはそうかもしれない、と夏紀は心のなかだけで同意する。みぞれは口数も多くないし、感情も顔に出にくい。いつもどことなく物寂しそうな顔をしていて、それに引っかかった優子みたいなお節介がうっかり世話を焼いてしまう。

あれはきっと、みぞれの生存戦略なのだろう。みぞれの社交性は皆無といってもいいレベルだけれど、その代わりに他者から敵視されることがほとんどない。みぞれを傷つけるようなことをするのは良心がとがめるし、他人への悪口ですらなんとなく聞かせたくないなと思ってしまう。

「三年生になってからは結構表情豊かになったと思うけどね。まぁ、当社比ってレベルやけど」と、夏紀は否定なんだか肯定なんだかわからない言葉を吐いた。

「それはあれでしょ、やっぱコンクールが効いたんでしょ。希美とみぞれ、二人でメインやってたし」

「うち、みぞれがほんまに音大行くとは思ってなかった」

頬杖を突き、夏紀はため息をつく。窓の外はまだ明るく、商店街には活気がある。

長く続くアーケード、吊り下げられた幕、数年前から続く閉店セールの幟《のぼり》。忙《せわ》しなく行き交う通行人たちがこちらを見ることはなく、夏紀と優子は一方的な観察者として外の世界を眺めることができた。

「希美が一般の大学に行くなら私も、って言いそうやったのに」

「夏紀はまだまだみぞれのことをわかってへんな」

「ドヤ顔やめて」

得意げに鼻腔《びこう》を膨らませる優子に、夏紀は自身の前髪をくしゃりと潰すようにつかんだ。すっかり伸びた前髪は、ときおり夏紀の視界の邪魔をした。

「優子はほんま、みぞれのこと好きやな」

「好きやで。練習熱心でいい子やもん。しかもオーボエがえげつなく上手い。あんな才能あふれた子を前にしたら、誰だってダメになるのはもったいないって本能レベルで思うでしょ」

「思うかぁ？」

「夏紀も多分やられてるって。うちがいるからなんとなく抵抗してるだけで、二人きりになったらコロリよ」

「それだけ聞くと、あの子にある才能は、音楽云々《うんぬん》っていうより他人を狂わせる才能やな」

「そのとおりでしょ。希美だって結局は狂わされてたやん」

あっさりと肯定され、夏紀の口からは「ぐぬぅ」という潰れた蛙《かえる》みたいな音が漏れた。希美とみぞれの関係性は、夏紀からすると本当に複雑怪奇なのだ。

二年生のときまではわかりやすかった。みぞれが一方的に希美に傾倒して、勝手に臆病になって逃げ回っていた。だが、四人で一緒に行動するようになり、希美とみぞれはそこそこ親しい友達関係になった。そしてみぞれが音大受験対策を始めるころには、今度は希美のほうがみぞれに対してやんわりと距離を置くようになった。多分、希美はみぞれの才能に怖気《おじけ》づいていた。

目を閉じたらすぐにでも思い描ける、みぞれの奏でる蠱惑的《こわくてき》なオーボエの旋律を。ホールに響き渡る音色は柔らかで丸みを帯びていて、それなのに芯の通った力強さを感じさせた。意識が勝手に吸い寄せられる。胸が勝手に恋い焦がれる。気を抜けば脳味噌が溶け落ちてしまいそうな、抗いがたい魅力の暴力。

黒のオーボエが奏でる曲は、『リズと青い鳥』。童話をもとに作曲された四章構成の組曲で、夏紀たちが三年生のときの、北宇治高校吹奏楽部がコンクールの自由曲として選んだ曲だった。

みぞれの担当するオーボエという楽器は、特徴的な音色をしている。音を出すことそのものも難しいが、上手く演奏するとなると途端に難度が跳ね上がる。気候などにも強く影響されるし、ダブルリードを使った息の入れ方も独特だ。チャイコフスキーのバレエ音楽『白鳥の湖』より『情景』、ボロディンの歌劇『イーゴリ公』より『ダッタン人の踊り』。多くの作曲家がオーボエの音色に魅了され、ソロを任せた。吹奏楽曲でもオーボエがソロを担当する機会は多い。おそらく、北宇治でもっともソロを経験したのはみぞれだろう。

彼女は期待に応え続けた。入部してからいまに至るまで、みぞれは飛び抜けて優秀な奏者だと評価を受けている。

「嫉妬してるんやろうな」

あっけらかんと笑いながら、希美は夏紀に大切な秘密を打ち明けた。高校三年生で行った夏合宿でのやり取りだ。

「夏紀にだけは言うけどさ、うち、みぞれの前やと悪いやつになっちゃう」

あのとき、夏紀と希美は休憩時間に二人で宿泊施設を抜け出して、近くにあるひまわり畑へと足を運んだ。綺麗に生えそろったひまわりはどれも背が高く、希美と夏紀の身体をすっぽりと覆い隠してしまう。中央にある濃い茶色はひとつの目のように、太陽を追いかけ続けている。

日は傾いていた。ひまわりは皆、そっぽを向くように斜め右を見上げていた。希美が立ち止まり、こちらを振り返る。ひまわりは希美を見ない。瑞々《みずみず》しい緑の茎が上に向かって伸びている。

「八つ当たりしたくなっちゃう自分が嫌になるの。みぞれのこと、ちゃんと好きやのにね。それと同じくらい、多分――」

風が吹いて、希美の声はかき消された。だけど、夏紀はその言葉の続きがたやすく想像できていた。目を伏せ、希美はどこか困ったように笑っている。自分の感情を持て余しているのであろうことは夏紀にはすぐに伝わった。

「おーい、二人ともそろそろ練習始まるで」

そう呼びに来てくれたのは優子だった。彼女は太陽とは反対の方向からやってきた。何千もの茶色の目を背景にして、優子は部長として正しい距離感でこちらに向かって手を振った。夏の思い出にふさわしい、絵になる光景だった。優子はひまわりがよく似合う。希美だって、本当は似合うはずだったのに。

「希美のみぞれに対する感情って、結局なんなんやろな」

頭を振ることで過去の記憶を追い払う。ため息混じりに告げた夏紀に、優子は大人ぶった笑みを見せた。

「そりゃ、友情でしょ」

「あれが？」

「あれも」

だとするなら、友情の定義の範囲は海のように広い。再び水の入ったグラスを持ち上げ、夏紀はその中身を傾ける。

ふと、無理やりに渡された卒業アルバムのアンケートのことを思い出す。傘木希美にツキがないとするなら、鎧塚みぞれは視野が狭い。

『鎧塚みぞれは、』

帰宅して早々、夏紀は着替えもせずにベッドへとダイブした。かけ布団をクッション代わりに抱きかかえ、仰向けのままスマートフォンをいじる。再生するのは『アントワープブルー』だ。

「なーんでうちが歌わなきゃなんないのか」

つぶやいて、だけどそれを聞き届ける人間はいない。一度決定したものを覆すのは夏紀の主義に反するから、ギターだけでなくて歌の練習も始めなければならなくなった。もともと、カラオケは得意だ。だが人前でバンドとして歌ったことはないから、本番がどうなるかはわからない。

演奏するには譜面と歌詞を覚えなければならない。勉強は得意なほうではないが、音楽に関して言えば覚えることは苦手じゃない。体育の授業でのダンスだって振り付けをすぐ覚えたし、パレードで演奏する曲の暗譜だってちゃんとこなした。

あぁ、だけど一年生のときはひどかったなと思い出して夏紀の口には自然と苦々しい笑みが浮かんだ。

ユーフォニアムを始めてすぐのとき、いちばん困ったのが楽譜の読み方だった。リコーダーやギターとは全然違う、へ音記号しかない楽譜。それらに指番号を振ってくれた同級生の顔を思い出し、夏紀は自分の眉間に皺が寄るのがわかった。スマートフォンを傍らに放り出し、布団に額を押しつける。

希美たちが衝突したふたつ上の先輩たちは、いまの北宇治をどう思っているのだろう。全国へ進出した北宇治の華やかな姿を見て、彼女たちが悔しがってくれたらいいと思う。自分たちのしたことを思い出して、寝る前に悶々《もんもん》と悩んでくれたら最高だ。

そこまで考えて、夏紀の口からは自嘲じみた吐息が漏れた。そんなわけがないと、実際には気がついている。あの先輩たちにとって部活とはなあなあにやるもので、そしてそれは夏紀も同じだった。夏紀が真面目に部活に励むようになったのなんて、たった二年間だけだ。

——先輩は優しい人ですね。

事あるごとに繰り返された台詞が、鮮烈に記憶に焼きついている。ひとつ下の後輩である久美子は、夏紀を優しいと形容した。それは二年生のときに一年生である久美子をかばったせいかもしれないし、三年生のときに副部長としての役目を果たしたからかもしれない。本当の自分はそんなたいそうな存在じゃないのに。

ベッドから身を起こし、夏紀はスタンドに立てかけたギターを手に取った。ストラップを肩にかけ、そのまま構える。クリップ式のチューナーを取りつけ、一本ずつ弦を弾いていく。弦を巻き取るパーツであるペグは、つまみを回して弦を張ったり緩めたりすることで音程を調整することができる。

チューニングが終われば、今度はギターをアンプにつなぐ。家庭用のミニアンプにはヘッドホンがセットされており、それを耳につければ防音対策もばっちりだ。ピックを弦に対して水平に当て、優しくストロークすると、クリアな音色になる。角度をつけて弾くと鋭くエッジの立った音色になり、音を歪《ひず》ませて速弾きするときにはこちらのほうがやりやすい。

夏紀が大好きな奏法は、アンプを歪ませて行うピックスクラッチだ。巻き弦になっている6弦と5弦の両方にピックを縦に押し当てて、そのままヘッド側にこすり上げる。「ギャイイィン」と耳元でけたたましい音が反響して、それだけで胸がすく思いがする。

鼓膜を揺さぶる音が、夏紀の意識を塗り潰す。理由のない焦燥も、嫌悪も、何もかもがかき消えて、ただ指先の動きにがむしゃらになる。

心の内側の、すっかり燃え尽きて灰になってしまった部分。そこに、小さく何かが芽吹くのを感じる。

それはやる気と呼ぶにはささやかすぎたが、気のせいだと断じるにはあまりに熱を持ちすぎていた。


今日の最低気温は三度、最高気温は十二度。降水確率はゼロパーセント、絶好の行楽日和だ。遊園地のゲートをくぐると、陽気な音楽がスピーカーから流れてくる。漂うチュロスの甘い香りに、優子がピンクのコート越しに自身の腹を軽く押さえた。

「お腹《なか》空いた」

「早くない？　まだ入ったばっかやねんけど」

重い瞼をこすりながら、夏紀は肩をすくめる。遊園地の開園時間に合わせ、駅に集合したのは九時だった。すでに合格が決まった三年生たちは決まった日程以外は学校に行かなくてもいいことになっている。平日に私服で電車に乗って遊びに行くのは、ちょっと背徳的な感じがして楽しい。

「どういうコースがいい？　アトラクション重視か、ショー重視か、散策重視か」

「希美、張り切ってる」

ふふ、と笑ったみぞれの耳には真っ白なイヤーマフが目立っている。吹奏楽部の後輩たちが合格祝いにみぞれへ贈ったプレゼントだ。

希美は先ほどから入り口で手に入れたパンフレットを熱心にめくっていた。修学旅行のときも思ったが、希美はとにかく予定を詰めたがる。充実しているという実感が欲しいらしい。

「このなかで絶叫系苦手なのは誰やっけ？　高所恐怖症はいる？　怖いの苦手な子がいたらお化け屋敷もパスしたほうがいいか。小さい動物園と植物園もあるよ。十一月までは菊の展示がすごかったみたいやけど、いまは花の開花時期じゃないっぽい」

「優子はホラー、ダメやっけ？」

「はぁ？　べつに大丈夫ですけど」

「いや、いまのは挑発じゃなくてただの確認」

「ってことは、いつもはやっぱり挑発なんでしょ」

「担当者が不在なのでわかりかねます」

「いまここに本人がいるんですけどぉ？」

ポコリと背中を叩かれ、夏紀はつい舌を出した。希美が呆れ顔でこちらのやり取りを眺めている。

「朝からそのテンションでもつ？」

「夏紀はお子ちゃまやからもたへんかもなぁ」

「そのときは優子におんぶしてもらうわ」

「しいひんわ」

優子と夏紀のやり取りに付き合うのが面倒になったのか、希美は黙ったままのみぞれの顔をのぞき込んだ。

「みぞれは乗りたいものある？　メリーゴーラウンドとかコーヒーカップとか」

「フリーフォール」

「え？」

予想外の答えに、三人の動きが止まった。いつもの無表情のまま、みぞれは遠くにそびえたつアトラクションを指差した。

「フリーフォールに乗りたい」

いったいどうしてこうなった。

優子の絶叫と希美の歓声に挟まれながら、夏紀は座席に取りつけられた安全バーから腕を伸ばした。

五十メートルの高さから、垂直に急降下。高所からの景色まで楽しめる一石二鳥の絶叫マシンがフリーフォールだ。頂上まで上がった途端にふわりと感じる浮遊感と、直後に襲いかかる重力とのコントラストが魅力のアトラクションである。

「もう無理」

顔を青くした優子がよろよろとベンチの上で横になる。それを介抱する希美の顔色もあまりよくない。どうやら乗り物酔いしたらしい。

「そりゃ、空いてるからって理由で五回も続けて乗ったらそうなるって」

カラカラと笑う夏紀に、優子は信じられないという顔をしている。隣にいるみぞれはケロリとしていて、「もう乗らない？」と未練がましく後ろを振り返っていた。

優子が連続でフリーフォールに乗る羽目になったのは、このみぞれの無邪気なおねだり攻撃のせいだった。みぞれは一度気に入ったものに何度でも乗りたがる。ちなみにフリーフォールの前には、ジェットコースターと急流すべりにそれぞれ三回ずつ乗っている。今日はみぞれの合格祝いだからと付き合っていた優子たちも、そろそろ限界が来たらしい。混雑している遊園地であれば並んで待つあいだにクールタイムがとれるが、空いていると待ち時間ゼロでアトラクションに乗れてしまう。

「午後からはもっとゆっくりめのやつに乗ってもいいかもね」と希美が眉尻を垂らして苦笑した。

「夏紀の三半規管がうらやましくなる日がくるとは」

ベンチで横になる優子の額に、夏紀は鞄から取り出したタオルをのせた。

「ま、二人は休んでおけば？　みぞれの相手はうちがしとくから」

「夏紀が？」

タオルを手に取りながら、優子が怪訝《けげん》そうにこちらを見上げる。大丈夫か？　と顔に書いてあるが、そもそも夏紀とみぞれは二年生のときもクラスメイトだった。二人きりでも問題ない。

「もう一回乗る？」

夏紀がフリーフォールを指差して尋ねると、意外なことにみぞれは首を横に振った。

「次はコレがいい」

そう言ってみぞれがパンフレットの上に指を置く。桜貝を思わせる薄桃色の爪は、ここから五分ほど歩いた場所にある観覧車を示していた。最頂部は地上から八十メートル。「頂上からは園内の景色を一望できます！」と書かれた吹き出しの横には、夜と昼の風景差を比較する写真が並んで載っていた。

「フリーフォールでもうちはええねんで？　遠慮せんでも」

「夏紀と乗りたい」

「おおう」

思わずうろたえるような声が出てしまった。じっとこちらを見上げるみぞれの両目には、片眉を下げた自分の間抜け面が映ってしまっているのだろう。優子が冷やかすように鼻を鳴らす。「言わんこっちゃない」とつぶやいた優子の額を希美が優しく叩いた。

「意地悪言わない」

「うっ、また吐き気が」

「おとなしく休んどこう。ちょっとしたら落ち着くでしょ」

　自身の膝の上にハンカチをのせ、希美が期待にあふれた眼差しを優子に送る。「ほら」と促され、優子は唇をへの字にしながらその上に頭をのせていた。コートを着たままだと横になるのも大変そうだ。

「みぞれ、行こう」

　腕を引く夏紀に、みぞれはコクリと首を縦に振った。水色のケープコートからのぞく彼女の手首は陶器のように滑らかで白かった。少し日に焼けた夏紀の肌とは大違いだ。

　夏紀が履く黒の革靴と、みぞれの履いている白のブーツは、近くにいても対照的な靴音を響かせた。

　黒のライダースジャケットに細かいプリーツが加工されたワインレッドのスカート、右腕につけた銀色のバングル。夏紀が悩み抜いた今日のコーディネートは、みぞれの隣に並ぶと凛々《りり》しさがより引き立った。みぞれの服装がどこぞの令嬢かと思うような上品さと可愛さを兼ね備えたものだからかもしれない。

「みぞれって、服はどこで買ってるん？」

夏紀の問いに、みぞれは頭を斜めに傾けた。少し歩いただけで、優子たちの姿は見えなくなる。行き交う人間の数は混雑しているとは言い難いが、閑散としているわけでもない。

平穏な平日の遊園地には誘惑も多かったが、いまの夏紀の視線はみぞれにぴたりと張りついていた。みぞれと二人きりで歩く機会はこれまでそう多くなかった。

「お母さんが買ってくる」

「ふうん。そういう服が好きなん？」

「普通」

「普通なんや」

「うん」

「じゃあ、みぞれはどういう格好が好きなん？」

「なんでもいい。着られたらそれで」

本人の言葉とは裏腹に、みぞれがまとっているコートは生地からして高級そうだった。高価なオーボエを、部活を理由に買い与えられるような家庭環境で育った子だ。みぞれの普通は夏紀の普通とは少し違う。

「いまの格好、みぞれに似合ってると思う。お母さんの趣味ええね」

「夏紀もカッコいい」

「ハハッ、ようわかってるやん。みぞれもこういう格好したらええで」

「似合うと思う？」

「ギャップがあってええんちゃう。優子が卒倒するかもしれんけど」

B系ファッションに身を包んだみぞれを想像し、夏紀はクハッと弾けるような笑いを漏らした。

もしも夏紀が服を選ぶなら、みぞれをどうコーディネートするだろうか。黒のキャップにぶかぶかの赤のトレーナー、そこからのぞく短い丈のダメージジーンズ。足元はスニーカーがいい、明らかに大きめのやつ。ピアスをしてほしいけれど、みぞれはこれからも耳に穴を開けないだろう。耳にかけるタイプのイヤーカフがいいかもしれない。トカゲとかコウモリの形の、普段ならみぞれが絶対につけないものを選びたい。

それらを身にまとった想像上のみぞれが、キョトンとした顔で自身の袖を引っ張っている。いくら見た目をそれっぽく整えても、内面からにじみ出るみぞれの善良さは隠し切れない。

「髪の毛とか染めるのはどう？　みぞれ、インナーカラー似合うと思うねんなぁ」

「インナーカラーって何？」

「髪の毛の内側だけ染めるやつ。青色とか似合うと思う」

「夏紀もやりたい？」

「うちは全部銀か金に染めたい。ピカピカの髪って憧れるやん？　赤とかもええねんけどさ。奇抜な色にしすぎて、久しぶりに会ったときに誰かわからんくなってるかもね」

「わかる。どんな色でも夏紀だから」

紡がれた声の真摯さに、夏紀は反射的に唇を引き結んだ。他意がないくせに、そんなまっすぐな台詞を吐くのはやめてほしい。どういう顔をしていいのか、わからなくなる。

自身の前髪をくしゃりと手で押し潰し、夏紀は犬歯をのぞかせるように意図的に口角を上げた。

「みぞれは人たらしやなぁ」

「言われたことない」

「初めて言うたからな」

「夏紀とおそろい？」

「全然違う。うちはべつに有象無象に好かれたいってわけでも、好かれるってわけでもないし」

「嫌われたいの？」

「そうじゃなくて、どうでもいいやつにはどう思われてもええってタイプ」

「夏紀は人気者だと思う」

「そう見えるのは副部長って肩書きがあったからとちゃう?」

「そんなことない」

みぞれにしては珍しい強い否定に、夏紀は驚いて足を止めた。微かにひそめられた眉からは、みぞれの不服さがにじみ出ていた。

「夏紀は夏紀」

念押しするように言われ、「あ、うん」と夏紀は無様な反応しか返せなかった。いったい何がみぞれの忌諱《きき》に触れたのだろうか。顎をさすって考え込む夏紀をよそに、みぞれはレンガで舗装された歩道をスルスルと進んでいく。

「みぞれ、迷子になるで」

遠ざかる後ろ姿に投げかけた言葉は、同級生相手のものとは思えない。優子の過保護さを笑っていられないと自嘲しながら、夏紀は早足でその肩を捕まえた。

高所恐怖症か否か。観覧車に乗るにあたってもっとも重視すべき難関を、夏紀もみぞれも幸いなことにクリアしている。

係員に案内され、二人はゴンドラへと乗り込む。四人乗り用のシートは広く、隣り合って座るか向かい合って座るか一瞬だけ悩んだ。だが、先に乗ったみぞれが躊躇《ちゅうちょ》なく座席の真ん中を陣取ったのを見て、夏紀は素直にその正面へと腰かけた。

真っ白なフレームに取りつけられたゴンドラは、青色に塗装されているというのに、足元の一部分だけわざわざ透明になっている。スリルを楽しみたい人間向けのようだ。

「えらい遅いな」

先ほどまでジェットコースターやフリーフォールのような絶叫マシンに乗っていたからか、ゆっくりとしたスピードが落ち着かない。みぞれは窓にぺたりと手をつき、興味津々に外の景色を眺めている。

「楽しい？」

「楽しい」

「ならよかった」

行儀よく座っているのも窮屈で、夏紀は右脚を左膝の上にのせて半分だけあぐらをかいた。その上に肘を突き、頬杖を突く。乗ったばかりのゴンドラの位置はまだまだ低く、外を見ていておもしろいものではない。

「夏紀と優子、バンドやるの？」

ゴンドラ内に落とされた声が、夏紀に向かってのものであることに驚いた。いきなりだなと思ったが、みぞれの発言が突拍子もないのはよくあることだ。

「やる予定。みぞれも希美と聞きに来るんでしょ？」

「うん」

「みぞれってさ、軽音部のライブとか行ったことあんの？」

「優子に連れていってもらった」

「あー、アイツのほうか。希美じゃなくて」

「希美とレチクルを聞きに行くのは初めて」

みぞれの口からそのバンド名を聞くのは、なんだか奇妙な感じがする。知っていたのかという驚きと、そんな自分に対する当たり前だろという呆れが同時に湧いた。なんとなくみぞれは南中のメンバーに仲間外れにされていたような気がしていたけれど、それは夏紀の思い込みだったのかもしれない。

「夏紀はレチクルが何か知ってる？」

「いや、全然知らない。造語じゃないの？」

「望遠鏡とか顕微鏡を見ると真ん中に基準の位置が見える。十字線の。あれのこと」

「へぇ、なんでそんな実験道具トリビアみたいな名前にしたんやろなぁ」

顕微鏡を最後に見たのは生物の授業の実験だ。名前もろくに覚えていない植物を薄くスライスして、スライドガラスの上にのせた。十字線とやらがあったかなんて夏紀の記憶には残っていない。そんなところに着目したことがなかった。

「レチクル座って星座がある」

みぞれが透明なガラスを指で突いた。昼間だから星どころか月すら見えない。

「フランスの天文学者のラカーユが、実験道具から名前をとった」

「へぇ、詳しいやん」

「希美が教えてくれたから」

ふっとみぞれの唇が音もなく綻ぶ。横から眺めていると、みぞれの睫毛の長さを否《いや》が応でも意識させられた。瞼がゆっくりと上下する。それだけで、みぞれの周囲の空気が震える。

「レチクル座は南天の星座」

「南天って？」

「南半球。ここからじゃ見えない星たち」

日本は北半球だから、というみぞれの補足に、バンド名にするにしては皮肉が利いてるなと夏紀は思った。いいセンスだ。

「うちさぁ、そういう星の知識とか全然詳しくないねんなぁ。プラネタリウムもすぐ寝ちゃうし」

「夜になったらここからでも星が見える」

「あー。じゃ、日が沈んだら四人で乗ろうか」

「うん」

観覧車は四分の一ほど進んでいた。高度もかなり上がり、園内の風景を見下ろすことができる。先ほど優子が苦しめられたフリーフォールも全貌がばっちりと見えている。シートが徐々に上がり、頂上からの急降下。夏紀も絶叫系は好きなほうだが、とはいえみぞれがなぜあれだけフリーフォールにこだわっていたかは理解できない。

「あ」

ガラスに張りついていたみぞれが、勢いよくこちらを向いた。気を抜いていた夏紀の肘が、ずるりと膝の上で滑る。

「希美と優子」

「こっからも見えるな」

かろうじて、と夏紀がつけ足したのは、二人の姿が豆粒大の大きさだったからだ。景観用の街路樹の隙間から、二人が座っているベンチが見えている。

せっかくお目当ての対象を見つけられたというのに、みぞれはまだこちらを向いたままだ。集中しているとき、みぞれは極端に瞬きが少なくなる。彼女のまん丸な瞳は宇宙を煮詰めたみたいな色をしていた。濁りのない澄んだ闇は、角度によってきらめき方を変える。

——集中しているとき？　自分の思考の違和感に、数拍遅れで夏紀は気づいた。熱心にこちらを見つめているということは、みぞれのいまの興味の対象は外の風景ではなく夏紀なのだろうか。

指を動かす。それだけで、透明な気配の糸が絡みついてくるかのようだった。

「夏紀は」

それだけ言って、みぞれは口をつぐんだ。何かを考えるときの顔だった。みぞれが言葉を詰まらせるのはよくあることなので、夏紀はただひたすらに待つ。みぞれ相手に急《せ》かす気にはどうしてもなれない。

夏紀のなかにあるみぞれへの少しの苦手意識は、本人に伝わっていたりするのだろうか。想像して、すぐにありえないなと否定する。みぞれは自分に向けられた感情に異様に鈍い。悪意だろうと、好意だろうと。

二年半前の、夏のことを思い出す。希美たちが辞めてから数日後の話だ。放課後のパート練習を終えて夏紀が廊下を歩いていたとき、音楽室でオーボエを吹くみぞれの姿を偶然見かけた。

いや、本当は偶然じゃない。あのころのみぞれはよく音楽室で練習していたから、彼女の音色を耳に入れる機会は多かった。みぞれが優れた奏者であると大勢の部員の意識に刷り込まれているのも、きっとそのせいだ。

みぞれは夏紀にも優子にも怒らなかった。「どうして事前に希美が辞めるって言ってくれなかったの」と責められたらどうしようと、何回もシミュレーションを繰り返していたのに、実際のみぞれはあからさまに傷ついたという顔をして、なのに何も言わなかった。誰も責めなかった。夏紀がみぞれに抱く苦手意識というのは、きっとそこから発生している。

だって、怒ればいいのに。口汚く罵ればいいのに。みぞれはいつだって待つだけで、自分から動こうとはしなかった。エサを運んでくれる親鳥を待つ雛《ひな》みたいに、誰かの助けを待ち続ける。希美が部活を辞めたと聞いたときもそうだ、トラウマを抱えるくらいならさっさと自分から聞きに行けばよかった。だけどみぞれはそうしなかった。傷つくことが怖いから。

あのころのみぞれの自己肯定感のなさは暴力的だった。才能があるくせに無自覚で、卑下によって他者を苦しめる。そんなみぞれという存在が希美を縛りつける枷《かせ》のように感じていたから、優子のように一方的にかばう気にはどうしてもなれなかった。それはいまもそうだ。希美の味方は夏紀で、みぞれの味方は優子。そんな配役が自然と続いてしまっている。

「夏紀はいい人」

ゴンドラのなかにぷかりと浮かんだ声に、夏紀は目を瞬かせた。みぞれが先ほどから逡巡《しゅんじゅん》していたものがこれか。

「何、突然」

「こうやって私に付き合ってくれる」
「べつにいい人じゃないって」
　これまでだって、いろんな人にいい人だって言われた。だが、実際はそうじゃない
ことを夏紀はいちばんよく知っている。こんなのは優しさなんかじゃない。
「みんなが勝手にうちをいい人だって思い込んでるだけ。みぞれみたいないい子には、
うちが腹のなかで何を考えてるかわからんやろ？」
「それはわからない」
　淡々とうなずかれると参ってしまう。優子や希美相手なら通用する皮肉も、みぞれ
相手だと意味がない。
「でも、夏紀がどう思ってるかは関係ない」
「うん？」
「私にとって夏紀はいい人だから。それ以外に何が大事？」
　喉から空気が漏れる。風を切るような鋭い音に、自分が息を呑んだことに気がつい
た。
　ゴンドラは頂上へと近づいている。窓から外を見下ろすと、等間隔に植えられた街
路樹には電飾がぐるぐると巻きつけられていた。透き通るＬＥＤの粒たちが白いコー
ドに連なる様は、祭りの露店で売られているようなチープなネックレスを思わせた。

光が灯《とも》らなくとも、夏紀はその光景を美しいと思う。目の前にいる相手も、もしかすると夏紀と同じ感性を持っているのかもしれない。

「みぞれ、変わったな」

「そう？」

「前のみぞれならそんなこと言わんかった」

自覚がないのか、みぞれは小首を傾げた。言わなかっただろうさ、と夏紀は内心で同じような言葉を繰り返す。だって二年半前のあのときには、みぞれの視界には希美以外入っていなかったのだから。

「みぞれはさ、希美のことどう思ってる？」

「友達」

即答だった。迷いのない答えに夏紀はたじろぐ。

「希美のこと好き？」

「好き」

「嫌になったりしたことない？」

「希美を？」

「そう、希美を」

「ない」

「一度も？」

「一度も」

右足の爪先で、左足の革靴の底の側面をなぞる。初めから、終わりまで。父親のポリッシュを拝借して磨いただけあって、夏紀の革靴は艶々と輝いている。少しくらい傷ができてもきちんと手入れすればすぐに目立たなくなることを、夏紀は幼いころから知っている。

「でも」

続いた台詞に、夏紀はハッと顔を上げる。一音一音を吟味するように、みぞれは句切るように言葉を紡いだ。

「希美を好きな自分は嫌いだった」

なぜなんて聞かなかった。みぞれが自分自身のことを嫌っているのはずっと前から知っていたから。みぞれは自分の好意に自信がなく、価値を置かない。卑下のあまり、自身への好意を平然となかったことにする。でもそれも、少し前までの話だ。

「希美は悪くないのに、勝手に苦しくなるから」

「それって、恋とは何が違うん？」

一方的に好意を抱いて、受け入れられるかおびえて。そうした片思いを経て、両想いの関係に緩やかに移行していく。夏紀の想像する恋愛とはそういうものだ。そしてそれは、先ほどのみぞれの言葉に合致している部分があるような気がした。

夏紀の指摘に、みぞれは大きく目を見開いた。睫毛のなかに閉じ込められた丸い宇宙が静かにざわめく。ふ、とその薄い唇から息が漏れる。みぞれの白魚のような美しい指先が、ゴンドラの窓枠を静かに押さえた。

「そうだったらよかったのに」

観覧車の駆動音にいまにもかき消されそうな、かすれるような声だった。膝の上に置いた自身の手がもぞりと動いたのは、動揺を隠そうとした反動だった。肯定か否定かしか答えを想定していなかったから、達観したようなみぞれの声音に心臓がドキリと跳ねた。

「それはどういう意味?」

自分が発音する一音一音が、やけにおびえた響きをまとって聞こえた。ゴンドラはそろそろ頂上へとたどり着く。地上から八十メートル。園内でもっとも空に近い場所で、みぞれは驚くほど静かに本音をさらした。

「付き合いたいとか結婚したいとか、そういう感情だったら諦めきれたから」

「諦めるって何を」

「希美を」

人差し指と中指。自分の指がぎこちなく震えたのが、やけに明瞭に感じられた。口内にどんどんとたまる唾を飲み込み、夏紀は正面からみぞれを見つめようと意識的に瞬きをこらえた。

みぞれの表情は穏やかだった。嵐が過ぎ去ったあとのような、傷痕が残る晴れやかさだった。

「ただ、一緒にいたかっただけ。でも、それがいちばん難しい。人間は、理由もなく一緒にはいない」

「理由っていうのは、恋人とか友達とか？」

「学校とか部活とか」

つけ足された内容は、夏紀が挙げたものに比べて他人行儀だった。そんなものを理由と呼ぶのか。夏紀たちがみぞれと一緒にいる理由も、彼女のなかではそうしたものに分類されてしまうのか。それは腹立たしい。夏紀はみぞれだからこうしていまも一緒にいるのに。

「うちは卒業してもみぞれとこうやって遊びたいけど」

怒りが声に乗らないように意識をしたら、自分でも驚くぐらい拗ねたような語尾になった。頂上までたどり着いたゴンドラは、滑らかに下降を始める。

頬にかかる黒髪を手で握りながら、みぞれはパチパチと子供っぽい仕草で瞬きした。

「やっぱり、夏紀はいい人」

「うちがいい人に見えるんやったら、それはみぞれが相手やからやで」

「どういうこと？」

「ムカつく相手と一緒にいるほど、うちはお人好しでも善人でもないから。みぞれがうちをいいやつでいさせてくれてるってワケ」

「よくわからない」

「んー、つまり、みぞれ以外の人間の前でうちは暴れ散らしたりもしちゃうわけよ。嫌みを言われたらやり返すし、喧嘩売られたら絶対に買う。でも、みぞれの前ではそうせんでいい。みぞれはそんなことやらんやろ？」

「うん」

「だからさ、うちがいいやつのフリできるのはみぞれのおかげってこと」

脚を伸ばした拍子に、夏紀の黒の革靴がみぞれの白のブーツにぶつかった。汚れてしまったかと慌てたが、その表面には跡すらついていなかった。

ゴンドラの壁と自身の後頭部のあいだに手を挟み、夏紀はそのまま後ろにもたれかかる。髪ゴムの結び目が手のひらに食い込み、少しだけ痛かった。

「夏紀は観覧車、好き？」

「んあ？」

予想外の角度から飛んできた質問に、間の抜けた返事をしてしまった。この話の流れでそれ？　と、優子相手なら確実に口にしていただろう。

「普通に好きやけど」

「私も好き。高いところが好き。空を飛びたい」

「うーん、言わんとしてることはわかるが言葉で聞くと物騒やな」

「そう？」

「ま、うちも好きやけどな、高いところ」

「夏紀はジェットコースターのほうが好き」

「わかっちゃった？」

「うん、優子もきっとそう」

「アイツ、速いの好きなくせに酔いやすいからなぁ」

ゆっくりとした速度で上昇していく観覧車より、急スピードで上下移動を繰り返すジェットコースターのほうが刺激的で夏紀の好みだ。先を予測できないスリルのある人生を送りたい。そう思っているはずなのに、いざ自分の身の振り方を考えると、みぞれのほうがよっぽどスリリングな選択をしている。

自分が凡人だということに、夏紀はうすうす気づいている。天才にもなれず、変人にもなりきれず、特別に憧れを抱きながらも普通の生き方を選んでしまう。漠然とした将来への不安は、結局はそれなのだ。こうなりたくないと思っていた大人に、気づけば自分から近づいている。

　もしも自分の背中から翼が生えたって、夏紀はきっと空を飛べない。屋上の柵にもたれかかって、脚を伸ばして、それで終わりだ。だが、みぞれは違うのだろう。彼女はためらいなく空へと飛び込む。自分が落ちるところを想像すらしないし、皆の心配をよそに、器用に飛んでみせるのだろう。

「希美はどっちが好きかな」

みぞれの指先が、透明な壁をなぞる。「どっちやろなぁ」と夏紀はうめくようにつぶやいた。みぞれが空を飛べるとするなら、希美はどうなのだろうか。ともに空を飛ぶのか、夏紀と同じように屋上から飛び立つみぞれを眺めるだけなのか。

みぞれの背中から真っ白な翼が生えているところを想像する。白鳥みたいな立派な翼だ。傷ひとつなく、力強く羽ばたくことのできる翼。それに違和感がないことに、なぜだか少しゾッとした。自分はみぞれをなんだと思っているのだろう。

「また来たい、みんなで」

みぞれの爪先が、コツンと分厚い壁を叩く。彼女の白いブーツの底は確かにゴンドラの床に着いていた。強張っていた肩の筋肉が、音もなく解《ほど》けていくのを感じる。夏紀は無意識に頰を緩めた。

「何度だって来たらええやん。友達なんやから」

「友達」

おうむ返しにされた言葉に、夏紀は「そーそー」とうなずいた。人差し指と中指。右手と左手でピースを作り、それを胸の前でくっつける。

「四人は友達」

みぞれはこちらを凝視していたが、やがておずおずと同じポーズを真似してみせた。狭いゴンドラ内に流れる沈黙。冷やかされることを前提としたコミュニケーションは、こういうときに恥ずかしさで身体の内側から爆発しそうになる。知らず知らずのうちに熱くなる頬に気づいていないフリを貫き、夏紀はわざと白い歯を見せて笑ってみせた。

くすぐったそうに身をよじらせ、みぞれは口元を綻ばせる。

「やっぱり、観覧車が好き」

夏紀たちが観覧車から戻ったときには、優子も希美もすっかり回復していた。待っているあいだに暇だったからとチュロスをかじっていた二人の足元には、振りかけられたストロベリーパウダーがこぼれ落ちていた。

「みぞれ、なんか上機嫌やん」

唇についた砂糖を親指で拭いながら、真っ先に優子が言った台詞がそれだった。目ざといというかなんというか。肩をすくめた夏紀の傍らで、みぞれがうっそりと目を細める。

「観覧車、楽しかった」

「みぞれがさ、夜に四人でまた乗りたいって。六時からライトアップもあるしちょうどええかなって」

「ライトアップっていってもしょぼいらしいけどな」

「いやいや、地元の遊園地にしては頑張ってるほうでしょ」

好き勝手に話す優子の隣に座り、夏紀はその手にあるチュロスにかじりついた。

「勝手に食べんといてよ」と優子が文句を言っているが無視だ。できてから少し時間がたっているのか、噛めば噛むほど油っぽい。自分ならシナモン味を頼むな、と強すぎる苺《いちご》の風味を呑み込みながら思った。

「みぞれも食べる?」と希美がチュロスを掲げてみせる。みぞれは悩む素振りを見せたが、結局首を横に振った。そのままみぞれは空いている希美の隣へ腰かける。夏紀とみぞれで優子と希美を挟んで座るかたちだ。

「で、次は何乗る?」

中身のなくなったチュロスの包み紙を、優子は器用に片手で折り畳んだ。夏紀は鞄からくしゃくしゃになったパンフレットを取り出すと、親指を押しつけるようにして皺を伸ばした。

「コーヒーカップとかどうよ」

「ええんちゃう。そのあとお化け屋敷」

「温度差エグない？」

「まさか優子、怖いん？」

「はぁ？　怖くないですけど」

「じゃあええやん、お化け屋敷で」

「べつに最初から嫌とは言ってませーん」

子供じみた反論をする優子に、希美が「チョロ……」と呆れている。

「みぞれもお化け屋敷行きたいやんな？」

夏紀の問いに、みぞれは素直にうなずいた。希美が首をひねる。

「でもあれやんな、みぞれって確か中学のとき、吹奏楽部の合宿で優勝してたよな。肝試し大会」

「何その情報」

知らないのは夏紀だけで、優子も「あったなー」とうなずいている。印象に残っていないのか、みぞれの反応は鈍かった。

「そうだっけ？」

「ベストタイムやっててん。そう、確かあれ、お化けにまったく気づいてへんかってさ。優子なんか大騒ぎやったのに」

「なんでそこでうちを引き合いに出すんさ」

唇をとがらせる優子に、「お化けなんていた?」と首を傾げるみぞれ。懐古的な空気になると、途端に夏紀だけが締め出される。無自覚に発生する疎外感にはとっくに慣れてしまった。

「懐かしいなぁ」

コロコロと鈴を転がすように笑う希美の顔は、隣に座るみぞれへと向けられていた。夏紀の位置からでは、希美がどんな顔をしているのかさっぱり見えない。彼女の手のなかに残る三分の一ほどのチュロスは、夏紀たちが来てから少しも減っていなかった。

「中学時代さ、夏紀が吹部におったらどんな感じやったんやろうな」

希美は笑いながら言っているのだろうと声色だけで判断する。ベンチから足を伸ばし、優子が音もなく立ち上がる。

「仮定の話はともかく、そろそろお化け屋敷に移動しよ」

「その前に飲み物買いたい。チュロス甘すぎ」

夏紀が片手を挙げると、「アンタが勝手に食べたんでしょうが」と優子は呆れたようにため息をついた。みぞれが無表情のまま自身の唇に指を添える。

「私、ポップコーンが食べたい。しょっぱいの」

「おお、みぞれが希望を言うやなんて……。いますぐ行こう。バター醤油《じょうゆ》味のやつが近くで売ってたから」

「親戚のおばさんみたいな反応やな」

「だまらっしゃい！」

素晴らしい反応速度に、夏紀はケタケタと笑った。希美もチュロスを握ったまま立ち上がる。

「じゃ、うちと夏紀は飲み物買いに行こう。で、みぞれと優子がポップコーン組ね。コーヒーカップ前で合流ってことで」

「二人の分もポップコーンいる？　多めに買ってもええけど」

「うちは優子の分をテキトーにつまむから」

「アンタの辞書には遠慮って言葉がないんか？」

「辞書にはあるけど、対象の欄に優子以外って書いてある」

「んなわけあるかい」

優子の手が夏紀の背を軽く叩く。休日だという理由で、今日の彼女の爪先は薄い水色のマニキュアで彩られている。部活時代だとありえないチョイスだ。部長としての優子はきちんと規律を守るほうだったから。

「迷子にならんようにな」

「それ、こっちの台詞」

いつもの言い合いをしたところで、タイミングを見計らった希美が「はよ行こ」と夏紀の腕を引いた。みぞれと優子はすでにこちらに背を向けて歩き始めており、優子があれこれと世話を焼く声が次第に遠ざかっていった。

希美が羽織るネイビーのステンカラーコートからは、苺の甘酸っぱい香りが漂っている。チュロスのパウダーがかかってしまったのだろうか。匂いがついたら大変だなと思考しながら、夏紀は希美の隣に並ぶ。希美の歩く姿は夏紀と違ってつねに美しい。バレリーナを思わせるしなやかさがある。

「みぞれ、しょっぱいもの食べたかったんかな」

ぼんやりと希美の横顔を眺めていると、不意に彼女の口からどうでもいい疑問が漏れた。思考が追いつかず、脳で思った言葉がそのまま声になる。

「何が？」

「さっきさ、うちのチュロス食べてくれへんかったから」

「気にしてるわけ？」

「ちょっとだけ」

「いらないならうちが食べてやってもええけど」

「いらないなら、な」

希美は黙って自分の手のなかのチュロスを見つめていたが、観念したように豪快にかじりついた。口いっぱいにチュロスを頬張り、もごもご何度も咀嚼する。しゃべれないだろうから、夏紀は彼女がそれを飲み込むのをじっと待ってやった。

「あー、喉渇く」

食べ終わったあと、希美が発した最初の台詞がそれだった。「やろ」と夏紀は軽く肩をすくめる。

「さっきみぞれと観覧車でさ、空を飛びたいかって話になってんけど」

「夏紀って、みぞれと二人やとそんな話してんの」

近くに設置されていたゴミ箱にチュロスの包装紙を放り込み、希美はこちらに顔を向けた。ポニーテールの先端が、彼女が顔を動かすたびに揺れていた。

「いや、うちっていうよりみぞれが一方的にな？　で、希美やったらどうするかなと思って」

「何が？」

「もしも自分の背中に羽根が生えたらさ、空を飛ぼうって思う？」

「羽根の形状による。サイズとか材質とか」

「えー、そういうこと気にしちゃう？」

「いちばん大事ちゃう？　信頼できないものに命はかけられんやんか。蝶《ちょう》とかトンボの羽根やったら信頼できひんな、コウモリもちょっと怖いかも。鳥もなぁ、あんなもんでほんまに空飛べるか？　ってなると思う」

やけに具体的な想像だ。詳細を詰める気なんてサラサラなかった夏紀は、希美の言葉に呆気《あっけ》に取られた。

「じゃ、どんな羽根なら信頼できる？」

「結局どんなのでも嫌かも。自分の足がいちばん信頼できる」

「つまり、空は飛ばないってことね」

「みぞれは飛びそう」

「あー、やっぱ希美もそう思う？」

「飛べへんかもしれんって思いつきもしなそう。優子も飛ぶタイプやと思う。あの子はガチガチに地上で練習してから、満を持して空を飛ぶタイプ。で、夏紀に『いまどき地面歩くとかダッサ』とか言うてくる」

「そんな喧嘩売られたらムカつくからうちも飛ぶわ」

「夏紀はさ、優子となら空を飛べるタイプやな」

アハハと笑い混じりに告げられた台詞に、夏紀は一瞬息が止まった。冗談だとわかっていても、無自覚な部分を掘り起こされたような気分になった。

涙袋が押し上げられ、希美の両目が弧になる。

「そういやここの遊園地、バンジージャンプもあったで」

「やらんからな」

「冗談やん」

軽口を叩いているあいだに、気づけば自販機にたどり着いていた。迷いなく緑茶を買う希美の横で、夏紀はほうじ茶を二本買った。一本はみぞれ用だ。「優子の分は買わんの？」と揶揄混じりに聞かれ、「あの子は水筒持ってきてるから」と夏紀はすげなく答える。

「全部把握済みってワケね。さすが副部長」

「もう副部長とちゃうけどな」

「でもなんか、いまでも部活のころの名残が染みついてるよ。予定とか空いてるとさ、あ、もう練習行かんでいいんやなって。ホッとするような、がっかりするような」

「部活ロスや、お互い」

「うち、だらだら過ごすのは向いてへんわ。何かに一生懸命になってへんと不安になってくるというか」

「生き急いでるなぁ」

「夏紀だってほんまはそうやんか」

そんなわけがない。口からとっさに出かかった反論を、すんでのところで夏紀は呑み込む。ここで言い返したらムキになっていると思われそうだ。

「一生懸命やるの、好きやろ？」

「べつに好きじゃない。面倒くさいのは嫌いやし、熱血なのも嫌」

「昔はそうやったかもしれんけど、いまはちゃうでしょ」

「うちが変わったって？」

「変わったやん。四人のなかでいちばん変わったのが夏紀やと思うわ」

「そーかぁ？」

「うちはうれしかったけどな、副部長の夏紀を見るの」

笑みを混ぜた吐息が、希美の唇から白く光った。頬に突き刺さる冷えた外気が、内側から込み上げる熱をごまかしてくれる。

革ジャンを羽織り直し、夏紀は「あ、そう」とわざと顔を逸らした。ふたつの目から注がれる眼差しが、まぶしくて仕方なかった。

「そういや三月のイベントやけどさ、手伝えることない？」

軽い調子で話題を変えた希美に、夏紀は内心でホッとした。ペットボトルの蓋を開け、中身をあおる。舌から管へ、冷たい何かが伝い落ちる。それはほうじ茶の風味を漂わせていたが、温度が低すぎて味まではよくわからなかった。

「手伝いっていってもこっちは演奏するだけやし。希美はスタッフとして手伝うとか言うてなかった?」

「そっちじゃなくてさ、夏紀たちの演出のほうよ。バンド幕使えるって、菫、言うてたで」

「何その話。聞いてへんのやけど」

「菫に伝えといてって言われたの、いま思い出した」

「なんじゃそりゃ」

自身のポニーテールの束に手を突っ込み、夏紀はぐしゃぐしゃとかき混ぜる。そういう重要な話は直接伝えてほしい。

バンド幕とはバックドロップ、つまりはステージの後ろに張る布のことを指す。バンド名やシンボルを入れることが多い。ライブの定番アイテムだ。業者に発注することもできるが、金欠女子高生に経済的余裕はない。手作りのほうが安上がりなのは間違いないだろう。

「みぞれが手伝いたがってたからさ、うちらも幕作るの手伝おうと思って」

「作るのめんどくさいし、幕なしでええやろ」

「そんなこと言わんとさ、せっかくやねんから楽しもうや。高校生活最後のイベントな？」と顔をのぞき込まれ、夏紀はやれやれとため息をついた。バンド幕を作るというのは、希美にとってすでに決定事項であるらしい。だとするならば、夏紀に拒否できるはずがない。

結局のところ、夏紀は希美に甘いのだ。

「しゃあないな」

「幕に使う布代はうちらも出すからな」

「はいはい」

レンガ造りの歩道を歩きながら、夏紀は日が暮れてからの園内の光景を想像する。イルミネーションによってきらびやかに彩られたこの道は、きっと誰が見てもわかりやすく美しいものへと変化するのだろう。

「なぁ、バンド名はどうするん？」

「まだ決めてない」

希美の隣で、夏紀はわざと大股に前進する。バンド名は決まってない。これからの予定も、その先の未来だって、まだなんにも決まってない。

「じゃ、カッコいいやつにせんとね」と希美は快活な笑みを浮かべて言った。その視線の先で、優子とみぞれがこちらに向かって手を振っていた。

第二話　鎧塚みぞれは視野が狭い。

（それこそが彼女の彼女たる理由）

第三話

吉川優子は天邪鬼。

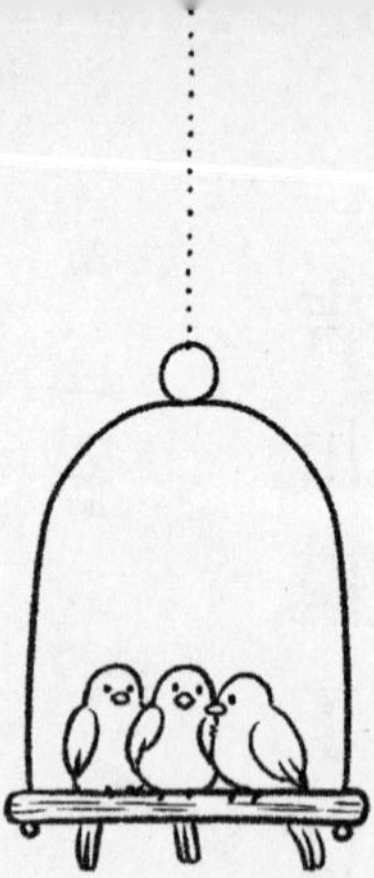

自室に飾られた木製フレームには、先日の遊園地で撮影した写真が納まっている。イルミネーションで彩られた園内の風景をバックに、四人はレンズに笑顔を向けていた。近くを歩いていたスタッフにお願いして撮影したものだ。

あの日の夜は肌寒かった。木々の輪郭が青と白の光に縁取られ、進むべき道を煌々《こうこう》と照らし出していた。瞳に青を灯しながら、優子は「めっちゃ綺麗やん」と無邪気に笑った。希美はこちらの顔をのぞき込み、「夜も綺麗やな」とやけに優しい声音で言った。全部わかってるみたいな口ぶりだった。

自室に置かれたハンガーラックには、セーラー服が吊されている。卒業式を迎えたらこの制服はどうしようか。捨てようか、それとも取っておこうか。シンプルな藍色のプリーツスカートに白のリボンスカーフ。三年間着続けた制服に、愛着がないなんて言ったら嘘になる。だが、それを燃えるゴミに出したところで悲しくて泣いたりはしない気がする。

枕に顔を押しつける。瞼越しに眼球が圧《お》され、柔らかな光が飛び散った。枕カバーが頬にこすれ、少し痛い。それでも身を起こす気力がなく、夏紀は腕を下敷きにうつ伏せになる。

息を止めると、雨の音が耳朶を打った。雪になることのない雨粒がびちゃびちゃと地面を濡らす音が聞こえる。早朝にはそれが氷となり、アスファルトの道路を凍結させる。薄い氷の膜をハイヒールで踏み割るところを想像して、ちょっとだけ気持ちが明るくなる。

冬は嫌いじゃない。冷たさと痛さは似ていて、浸っていると心地いい。

二月も半ばを過ぎ、登校する機会も残りわずかとなった。あと二週間後には卒業式を迎え、夏紀たちは北宇治高校の生徒ではなくなる。それが寂しいのか、どうでもいいのか、清々するのか。自分の気持ちであるはずなのに、声に出せばどれもが本心からほど遠いものに感じた。


「で？　バンド名は結局どうするわけ」

今日も今日とてカラオケ店にいる優子と夏紀は、ギターを片手に曲の練習に勤《いそ》しんでいた。もともとギターの心得はある二人だ。譜面を再現することに関して不安はなかった。問題はそちらではなく――

「ちょっと夏紀！　聞いてんの？」

「え？　ごめん、考えごとしてた」

反射的に謝罪を口にすると、優子は呆れを隠さずため息をついた。部屋に設置されたモニターには、『アントワープブルー』の譜面が表示されている。

「バンド名をどうするかって聞いたの。コピーバンドだったら、やっぱもじるとかそ

「まぁ、そうなるやろうけど。なんやろうな、バンド名にするとしたら」

っち系？」

〇〇ブルーにするなら多くの候補がある。なんせ、色の名前だから。スマートフォンでアントワープブルーについて検索をかけると、色についての情報もたくさん出てきた。分類はアジュール。画面いっぱいに広がる青は、夜の海に近い暗さを含んだ色をしている。

そもそもアントワープとはなんだ。不意に浮かんだ疑問をそのままに、夏紀は再び検索する。

アントワープとはベルギーの北西部にある州都のこと。アントウェルペン、アンベールとも呼ばれる。この都市で使用されていたことがアントワープブルーの名前の由来らしい。

検索候補に並ぶサイトを眺めていると、現地の写真が大量に出てくる。美しい風景に、夏紀は目を奪われた。大学生になったら一人旅をするのもいいかもしれない。それまで思ったこともないようなアイデアが、不意に頭を占める。旅ってなんかいい、響きがカッコいい。

「そういや希美たちがさ、家に電飾あるか聞いてたよ。青いやつ」

「なんで？」

「本番の日に、カフェの店内を飾りつけようと思ってんだってさ。みぞれの家も毎年クリスマスはイルミネーションやるらしいんだけど、なんかすごすぎて、みぞれの家から借りるのは没になった」

「どういうことよ」

「店がルミナリエみたいになるーって」

ルミナリエとは「神戸《こうべ》ルミナリエ」、毎年十二月になると神戸市の旧居留地で行われる祭典のことを指す。阪神《はんしん》・淡路大震災《あわじだいしんさい》の犠牲者への鎮魂と都市の復興への願いを込めて平成七年から開催されている。ルミナリエという言葉はイタリア語でイルミネーションという意味で、その名のとおり、期間中は街がきらびやかな電飾で飾りつけられる。

「みぞれの家って金持ちやしなぁ」

実際に家に行ったことはないが、なんとなく想像はできる。なんせ、家にグランドピアノがある環境だ。夏紀の家のような平凡を絵に描いたような家庭とは大違いだろう。クリスマスのイルミネーションだってとんでもないのかもしれない。

「なんか、希美たちのイメージ的にはクリスマスのツリーで使うやつくらいでええねんて。みんなで持ち寄るから」

「あー、青色はあったかかな。クリスマスツリーなんて、家で最後に飾ったの何年前やろ」

「えー、うちは毎年飾るけどね。最後にてっぺんの星つけて」

「してそー」

「いま鼻で嗤ったやろ」

「いたっ」

優子に足を蹴られ、夏紀は過剰に身体を揺らした。ギターを膝の上に置いたまま、優子は舌を軽く突き出す。

「べつに子供っぽいとか思ってませんけど？」

「ああいうのはむしろ積極的に楽しむのが大人なんよ。なんならうち、去年もサンタさんからプレゼントもらったからな」

「何もらったん？」

「ポール＆ジョーの限定キット」

「デパコスですかー」

「だってめっちゃ可愛かってんもん」

「優子が好きそうなんはわかる」

夏紀なんて、去年のクリスマスプレゼントは三千円分の商品券だった。欲しいものを自分で選べていいでしょと親には言われたが、サンタクロースからの贈り物としてはいささか現実的すぎる。

「そういやさ、衣装どうする？」

「それも考えなあかんのか」

「ガールズバンドっぽいのにする？　なんか、菫たちはバンギャファッションで来るらしい」

「バンギャファッションってどういう系？」

「ゴスロリモチーフとは言うてた」

「あー、菫の趣味が大爆発してそう」

もともと、菫はゴスロリファッションが好きなのだ。服に似合うメイクを研究し、髪形を研究し、さらにはスタジオまで借りていた。楽器であろうとファッションであろうと、好きなものに対しては手間暇を惜しまない。それが若井菫という女だった。

「一緒に服買いに行くかぁ」

ソファーに背をもたれかけさせ、夏紀はそのまま壁に後頭部を押しつけた。カラオケ店の室内は曲が流れていないあいだは明るいままだ。二人が歌わない代わりに、モニターからは繰り返し館内番組が流れている。耳にタコができるほど聞いた女性MCの声が、デビューしたばかりの新人アイドルの名を告げている。アントワープブルーが出演していた回の放送は終わったらしく、今日は一度もその名を聞いていない。

「一緒にって、うちと夏紀で？」

「そうそう。せっかくやし」

「どこに買いに行く？」

「四条《しじょう》でええんちゃう？」

「みぞれたちは呼ぶ？」

「なんで服選ぶくらいで呼ぶねん。二人でええやろ」

「んー……まぁそうやねんけどさ。みぞれと会う機会はこれから減っていくやろうし、卒業までに少しでも会いたいやん」

優子の指が1弦を強く弾く。六本のなかでいちばん細い弦が、ビィンと高い音色を奏でた。

「そんなん、会う理由なんていくらでも作れるでしょ」

「まあそうなんやけどさ」

「なんや、急に弱気やな。卒業式近いから？」

ジンジャーエールの入ったグラスを手に取り、夏紀はストローを噛むようにしてくわえる。透明なガラスからこぼれる水滴がギターにかかりそうになり、夏紀はとっさに顔をしかめた。

そんなこちらの様子を気にすることもなく、優子はモニターを眺めながらぼんやりと口を開いた。

「じつは昨日さ、久しぶりに香織先輩に会ったんよ」

「ほんまに久しぶりやな」

中世古香織といえば、優子が傾倒していたトランペットパートのひとつ上の先輩だ。卒業後は看護学校に進学した。

「何、会う約束してたん？」

「そうじゃなくて、駅でばったり。ほんまに偶然」

「うれしかったやろ」

優子の香織に対する慕いっぷりは部内でも有名だった。香織はOGとして卒業後も何度か部に顔を出してくれたが、そのたびに優子が興奮するものだからなだめるのが大変だったのだ。

だから夏紀は当然、先ほどの問いに優子は即答するかと思っていた。答えはイエス以外考えられない。だというのに、優子は眉を下げ、感情をかき消すように瞬きをした。上がる口角は彼女が笑おうとしていると明確に伝えてくるのに、その両目は伏せられたままだった。

「……うれしかった。うん、間違いなくそれはそうやねんけど」

優子の人差し指が今度は6弦を引っかく。六本の弦のなかで、もっとも太い弦だった。

「なんか、寂しかったの」

「寂しい？」

「香織先輩は相変わらず綺麗で、優しくて。うちが好きな香織先輩のままやったのに。たった一年で、こんなに人間って変わるんやなって」

優子の指先が、弦の上をゆるゆるとたどる。夏紀はギターを軽く持ち上げると、伸ばした脚を組み替えた。

「コンクールに応援に来てくれたけど、見た目もそんな変わってなかったくない？」

「そりゃ香織先輩はずっと見目麗しいけど、そういうことじゃなくて、中身が違ったというかさ。もう高校生じゃなかった。大人やった。それがなんか、寂しいなって」

「珍しくセンチメンタルやん」

「卒業式近いからかもな」

「まー、気持ちはわかるけどさ」

日常の変化はあまりになだらかで、閾値《しきいち》を超えないと自覚すらしない。ふとした瞬間に当たり前が欠落していたことに気づき、そこで初めて喪失を意識する。

「一つひとつの当たり前に、さよならしてるような気分」

そう言って、優子は静かに笑った。「詩的やん」と茶化した夏紀に、「名作やろ」と優子は平板な声で応じた。ギターの上で頬杖を突き、夏紀は目の前の人間を見つめる。吉川優子という人間を。

「あ」

自分の唇から勝手に声が漏れた。脳味噌と舌が直結した声はずいぶんと間が抜けていて、優子が怪訝そうにこちらを見た。

「何」

「いや、急に降ってきた」

「何が」

「コピバンの名前」

「聞かせてよ」

「さよならアントワープブルー」

ってのはどうよ、という補足の言葉はなぜかかすれて途中で消えた。自分のアイデアを口にするのは、いくらかの勇気が必要だ。

優子は頬にかかる自身の髪を指先でつまむようにして払った。その唇の隙間から、フッと笑いだか吐息だか識別できない音がこぼれた。

「ええんちゃう。お洒落な感じで」

「ほんまにそう思ってる?」

「思ってる思ってる。衣装もそっち寄りにしようか。綺麗めな感じで」

「青にして？」

「白でもええかもな。飾りつけの青によく映える」

「ノリでええんかな」

「ええやろ。結局は身内のパーティーみたいなもんやねんから」

演奏会に来る客はほとんどが顔見知りの友人だ。南中と北宇治高校の友達が大半で、演奏が上手くいこうが失敗しようが、思い出作りという目的は達成されるだろう。結果を求められない演奏というのは、なんだか不思議な感じがする。吹奏楽部では自分のミスが全部員の連帯責任となって跳ね返ってきたけれど、ツーピースバンドだと自分のミスはたった二人だけのものだ。

「夏紀、歌ってよ」

ストラップを肩にかけ直し、優子はそのまま立ち上がった。カラオケルームにはおあつらえ向きにマイクスタンドまで用意されていた。夏紀は顔を渋くする。

「まだ上手くいかんねん、歌いながらやと」

ギターを弾くのには慣れていた。一人で歌を歌うことにだって。だけどそれらが合わさると、突然手の動きを忘れたり、歌詞が出てこなくなったりする。マルチタスクは難しい。油断した途端にぼろが出る。

「テンポ落としてやる？」

「そうしてくれると助かる」

んん、と咳払《せきばら》いをして、夏紀はマイクに口を近づけた。なんでこんな面倒なことをわざわざやってるんだっけ。脳の隅っこで冷笑する自分を意図的に無視し、夏紀は指に挟んだピックで思い切り弦を引っかいた。

午後一時、駅前にて集合。汚れてもいい服で集まること。

昨晩、突如としてSNSに送られてきたメッセージは、希美からのものだった。こちらの予定がないことを把握しているところからして、優子の手が回っていることは明らかだった。

優子とカラオケ店で練習した日からまだ三日もたっていない。おおかた、優子が勝手に夏紀のスケジュールを希美に伝えたのだろう。どうせこの時期は暇だから、予定が埋まるのはありがたいっちゃありがたい。

三月になればほぼすべての入試が終わるため、一気に予定が埋まってしまう。吹奏楽部の三年生で卒業旅行にも行くし、クラスの友達とも出かけなければいけないし、時間も金もすぐに足りなくなる。だから、時間を持て余すなんて贅沢《ぜいたく》なことができるのはいまだけだ。

汚れてもいい服とはどういうものだろう。スマートフォンの画面を見返し、夏紀の視線は学校指定の体操服に吸い寄せられた。そういえば、この服ももう用済みだ。絞りのついたダサいジャージなんて部屋着にしか使えないし、いくら汚れたって構わない。

そう頭ではわかっていたが、夏紀は隣に押し込むようにしてしまわれていた黒のトレーナーを手に取った。中学生のころに着ていたもので、プリントされた犬のイラストがすっかりすり切れてしまっている。ボトムスはワイドデニムパンツでいいだろう。安物のダウンジャケットとスニーカー。いつものように髪の毛を縛ろうかと悩み、そこで黒のニットキャップをかぶることを思いつく。たまには髪を下ろすのもアリだなと思いながら、キャップの隙間からこぼれた前髪を調整した。

約束の時間の五分前に夏紀が集合場所に着いたときには、すでに希美、優子、みぞれの三人が集結していた。希美と優子は夏紀と似たような格好だったが、みぞれだけは違った。彼女が着ているセーターは、いまだかつて見たことがないくらいダサかった。顔だけの猫が目からビームを出し、ビルを破壊しているイラストが深緑色のセーターの中央にデカデカと描かれている。やけに太いフォントで『ゴゴゴゴゴ』と書かれているのもダサさポイントを加点していた。

「みぞれ、そのセーターどうしたん」

「汚れてもいい服があるかお母さんに聞いたら、これを出してくれた」

「なんでそんなもんあったんやろうな」

「さあ」

首を傾げているみぞれの動きに合わせ、毛糸の猫も不思議そうに表情をゆがめている。こうしてしげしげと眺めていると、これはこれで可愛らしい気がしてくるから不思議だ。

「で、今日はなんなの」

発起人だろう希美を見やると、彼女は片手にペンキ缶をぶら下げていた。高い位置でくくった髪を揺らしながら、希美は得意げに胸を張った。

「バンド幕を作ろうと思って！」

「あー、そういやそんなこと言うてたな」

キャップ越しに頭をかく夏紀に、なぜかみぞれが近づいてきた。

「夏紀、髪の毛長い」

「んー？　せやね」

伸ばされた指が、夏紀の襟足を軽くつまむ。ひんやりとした体温が首筋をくすぐり、夏紀は思わず身じろいだ。

「そんな珍しいもんちゃうやろ」

「やっぱりわかる」

「何が？」

「髪形が違っても、夏紀」

払いのけようと持ち上げた夏紀の手は、中途半端なところで止まってしまった。すぐ近くにあるみぞれの表情は、カブトムシを前にした男子小学生を思わせる。あるいは、おもちゃに飛びつく直前の猫か。

「あー、そうやな。うちもみぞれが髪形変わってもわかるで」

じゃれつくみぞれの指をからめとるようにして掬い上げる。みぞれはぱちりと瞬きし、それから夏紀の指先を握り締めた。

「うれしい」

「さいですか」

みぞれの指はほっそりとして、関節と関節のあいだが長い。短く切りそろえられた爪の表面には何も塗られていなくて、それなのにピカピカと光っている。

「で？　何その目は」

いやでも気になるじっとりとした視線に顔を向けると、優子がわかりやすく拗ねていた。唇をとがらせ、眉根を寄せ、「なんかムカつく」と理不尽な文句を吐いている。

傍らに立つ希美が朗らかに笑った。

「夏紀ってさ、みぞれの扱い上手いよな」

「普通や普通」

「みぞれ、飴ちゃんあげるからこっちおいで」

「優子はみぞれをなんやと思ってるんや」

呆れを隠さずため息をつくが、優子は必死さを隠そうともしていなかった。みぞれもみぞれで、素直に優子のそばに歩み寄っている。この二人も変な関係性だよなぁ、と夏紀はしみじみ口内でつぶやく。友達というよりは親子のようだ。

「じゃ、行きますか」

いつの間にか夏紀の隣に立っていた希美が、ポンとこちらの背を叩いた。ダウンジャケットの上から彼女が背負うリュックサックはやけに大きく、これから登山にでも行くのかと錯覚しそうになる。

「荷物持とうか？」

夏紀の申し出を、希美は「いらんいらん」と明るい口調で否定した。彼女が腕を動かすたびに、ペンキ缶の中身がばしゃりと揺れる音がする。

「ほんまに？　遠慮せんでええのに」

「してへんって。これぐらいへっちゃらやから」

平気であることを示すように、希美が缶の取っ手を持ち上げてみせる。希美相手にこれ以上言っても無駄なことはわかっていたから、夏紀は素直に引き下がった。希美は夏紀に自分の荷物を預けたりはしないのだ。

四人が向かった先は人けのない堤防だった。コンクリートによって作られた川岸は、高水敷《こうすいじき》と呼ばれる部分が広場のような造りをしている。水位が高いときにはここもすべて浸《つ》かって川の一部になってしまうが、普段は単なる何もない場所だ。

希美がリュックサックから取り出したのは、二メートル四方のブルーシートだった。すでにペンキがこびりついているところを見るに、これまで何度か使ったことのある代物なのだろう。四人で協力して広げ、飛んでいかないように四隅には重石を置く。その上に希美が広げたのは、長方形の形をした真っ白な布だった。縦一メートル、横一・五メートルのそこそこ大きな布だ。

「これで幕を作るの？」

端をつまみ、夏紀は布の感触を確かめる。乾いた布地はバンダナのような質感で、お世辞にも滑らかだとは言えなかった。希美が「そうやで」とあっさりとうなずく。

「コピバンの名前、『さよならアントワープブルー』で決定なんでしょ？　ロゴとか複雑な絵を描くのはこの布では難しいみたいやけど、青一色で塗りたくったら様になるんちゃうかなって思って」

「それでそのペンキ？」

「そう。アントワープブルー」

希美はその場にしゃがみ込み、ペンキの入った丸缶を上下に振った。ペンキ缶なんて扱ったことのない三人は、希美の作業をただ見守るしかない。

唇を軽く引き締め、希美はオープナーを缶の蓋の隙間に差し込んだ。そのままてこの原理を使い、ぐいと蓋の端を持ち上げる。それを何度か繰り返し、ようやく缶の蓋が開いた。ペンキ特有の刺激臭を覚悟して夏紀はとっさに身構えたが、大した臭いはしなかった。

「これ、水性塗料やから」と希美が笑いながら言った。同じペンキでも水性と油性で違いがあるらしい。

「アントワープブルーって、こんな色してたんやなぁ」

缶の中身をのぞき込みながら、優子が感心したようにつぶやく。液体の青は、スマホの画面で見たときよりもずっと暗い色をしていた。銀色の缶のなかに、真夜中の海が沈んでいる。濃縮された青ってこんな色なのか、と夏紀は呑気に考える。青というよりも黒と呼んだほうがいい気がする。

「百円ショップで刷毛《はけ》買ってきたから、これでいまからテキトーに塗っていきます」

「ただ塗るだけ？」

「そう。塗るだけ」

手渡された刷毛を、夏紀はためらいなく缶へ沈める。真っ白だった毛の上に、デロリと質感のある青がにじんだ。

純白を最初に汚すのはためらわれ、夏紀は刷毛をバケツ缶に突っ込んだままぐちゃぐちゃと中身をかき混ぜた。ペンキも刷毛も布もブルーシートも、すべて希美が用意したものだ。あとでかかった金額を聞いて割り勘にしなければと夏紀が思案しているあいだに、優子が布に鮮やかな色の線を引いた。

その青は、狂おしいくらいに自由だった。

狭苦しいペンキ缶のなかに押し込められていたときとは比べものにならないほど、透き通っていて明るい。徹夜したときに窓から見える日の出前の朝の空気みたいな、澄んだ光をはらんでいる。

「おー、ええ感じの色やな」

希美が満足そうにうなずく。それを眺めていたみぞれが、大胆な手つきで布を塗った。慎重に細かく色を埋めていく優子とは対照的に、みぞれは右から左へと刷毛にのったペンキが続く限り塗り進めていく。そのくせ、塗り跡はみぞれのほうが綺麗に仕上がっているのだからすごい。ある種の才能かもしれない。

「うちらも塗ろうや」

希美はそう言って、裸足で布の中央へと移動した。最初に小さな青の長方形を作り、その周囲を少しずつ囲っていく。希美が手を動かすたびに、長方形の面積が大きくなっていく。

夏紀は希美が用意した紙皿にペンキを注ぐと、誰もいない隅へと移動した。スタンプのように、ぐりぐりと刷毛を布へ押しつける。最初の青は深く、それを引き伸ばすと端に行くほど明度が上がった。

何度も繰り返し色を塗る。ちまちまと塗るのが面倒で大きく手を動かせば、勢い余ってブルーシートへとはみ出した。シートは汚れた。だが、それだけだった。

「ちょっと夏紀、ムラできすぎちゃう？」

口をとがらせる優子に、夏紀はぺろりと舌を出す。

「そんなもんいまさらでしょ」

「逆にオシャレやって。塗り跡があったほうがさ」

「希美はそうやってすぐ甘やかす」

「甘やかしてるわけとちゃうって。ペンキ使い切らなあかんから、結局最後はベタベタ塗ることになっちゃうなと思って」

「それは一理ある」

「やろ？」

二人がやり取りしているあいだも、みぞれは驚異の集中力を発揮して黙々と塗り進めていた。こういうところが、彼女が天才たるゆえんなんだろうなとふと思った。

一枚の布をすべて青く塗りたくるのには、結局一時間ほどかかった。うっかり生乾きの布の上を歩いたせいで足の裏が青くなってしまったのを見て、夏紀はきちんと順序を決めて塗り始めなかったことを後悔した。

「夜になる前の空みたい」と足裏をタオルで拭いながら希美が告げ、

「海の底に似てる」とみぞれは静かにつぶやく。

「夏紀がよく着てるデニムってこんな色ちゃう？」と優子がこちらを見ながら言い、

「情緒がないな」と夏紀は笑った。

自分にはこの青色が何に見えるだろうか。目を凝らしてみると、濃い青と薄い青が重なり合っているのがわかる。氷の下に眠る海？　宇宙が始まる一秒前？　探るうちに思考が詩的になってしまって、夏紀は口をつぐんだ。

ただそこにあるだけで綺麗な色だと思った。

「ええやん、気に入った」

しゃがみ込み、優子が笑う。ペンキのついた手で頬を拭ったせいで、鮮やかな青が彼女の肌にこびりついた。

巨大な青い幕が完全に乾くまでには、塗るのに必要だった時間の倍以上の時間がかかりそうだった。

この日は久しぶりの冬晴れで、屋外といってもそこまで寒さを感じない。せっかくだから待っているあいだにピクニックをしようという希美の提案で、四人はジャンケンをすることになった。あいこが続くこと三回、四回目のジャンケンでようやく優子とみぞれが近くのスーパーに買い出しに行くことが決定した。

「行ってらっしゃい」と手を振って見送り、その姿が見えなくなったところで希美と夏紀はどちらからともなく脱力した。「ふあぁ」と漏れたため息は透明で、今日の気温が冬にしては高いことを証明していた。

「今回の件、どっちの発案なん?」

「どっちって?」

「希美か優子か」

「みぞれの可能性は?」

「あの子はこういうこと思いつかへんやろ」

「まあね」

ブルーシートの上に腰を下ろしたまま、希美は何げない仕草で天を仰いだ。ダウンジャケットのせいで、そのシルエットは普段よりも厚みがあった。

「希美やろ？」

「バレたか」

「バンド幕なんて、なくてもよかったのに」

「でも、あったほうが思い出になるやん？」

「思い出作りをしたかったん？」

「夏紀はしたくなかった？」

「したいけど」

「じゃあええやん」

「そりゃええけど」

でも、はいそうですかと納得するのもなんだかもったいない気がした。高校に入るまでは希美と自分は真逆の存在だと思っていたけれど、いまとなってはどこか共犯者めいた匂いがする。互いが互いに、疎外感を知っているからだ。

「希美はさ、ボーカルとして参加しようとか思わんの？」

「まったく思わん」

「その割に、うちらにはバンドやれって言うたんやな」

「夏紀と優子がいてくれたら盛り上がるからさ」

「そうか？」

「南中のやつら、気にしてたから。三人を吹部に残しちゃったこと」

「希美も気にしてた？」

「あんまり」

「うわ」

「だって、自分の意思で残ったんやろ？　気にするほうがおかしいやん」

頬にかかる黒髪を指に巻きつけ、希美はあっけらかんと笑う。夏紀は片膝を立て、その上に自身の頬を押しつけた。

「うちはさ、希美が副部長になればいいと思ったよ、あすか先輩に指名されたとき」

「いや、普通に無理やろ」

「なんで？　希美は有能やんか」

「んー、自分でもそこそこ有能やと思うてるけど、優子が部長やとしたらやっぱり副部長は夏紀以外考えられへん。うちは優子のこと叱ってやれへんし」

「あすか先輩も似たようなこと言うてた」

「やっぱりな」

希美の腕が持ち上がり、その手のひらが口元を覆い隠した。両目は弧を描いているけれど、それが笑顔なのか、それとも目を細めているだけなのかは夏紀にはわからない。

「感謝してるよ」

　耳朶を打つ声があまりに柔らかかったので、夏紀は無意識に息を止めた。こういう感傷的な台詞は嫌いだ。すべて許されたような気分になる。

「感謝されるようなことした？」

「うちが部活に復帰するとき、いろいろ助けてくれたやん」

「大したことしてへんよ」

「うちにとっては大したことやったから」

「それは、」

希美とみぞれは性格がまったく違うのに、こういうところはよく似ている。こちらの否定なんてお構いなしで、自分はそう思っているのだとことさらに強く主張してくる。

希美の黒のスニーカーが視界に入り、自分が目を伏せたことにようやく気づく。唇が強張るのは寒さのせいだと言い訳したいのに、吐き出した息は透明のままだった。

「希美にだって、これまで何度も助けられたからさ」

告げた言葉は半分本音で、半分は紛《まが》いものだった。クツリと鳴った自身の喉奥を、夏紀は皮膚の上から優しくさする。

罪滅ぼし。その言葉を、夏紀が希美に告げることは永遠にないだろう。あの日、希美の背中を押した後悔は、自分が抱えるべきものだった。誰にも奪われたくない。たとえその相手が希美であっても。

「ってか、急にそんなしんみりせんといてよ。卒業式もまだやのに」

へらりとした笑みが勝手に浮かんだ。指に青色をつけたまま、希美は自身の頬を軽く押さえる。

「まだやけど、もうすぐやん。卒業はやっぱ寂しいって思うな。もう二度と会わなくなる子だっておるやろうしさ」

「同窓会とかあるやん」

「そんなん、来うへん子のほうが多いの、わかってるやろ。夏紀だって中学の同窓会があっても行かんやろ？」

「あー、行かん」

「そういうことよ」

どういうことだ、と頭の片隅でちらりと思う。夏紀はどうでもいいやつと二度と会えなくたってちっとも構わない。だが、希美はそうじゃないらしい。「同窓会幹事、引き受けちゃったしな」とカラカラと笑っている。そういえばそんな役職もあったな、とふと思い出す。出さないままでいる卒業アルバムのアンケートの存在も。

「あれって、提出期限いつやったっけ」

「あれってどれよ」

「卒アルのアンケ」

「とっくに終わってるよ。一月末とかじゃなかった？」

「なんや、じゃあもう出さなくてええか」

もともと、すべて埋める気のないアンケートだった。すでに集計済みなのだとしたら、なおさら提出する必要がない。

「夏紀はなんて答えたん？」

「どの質問？」

「好きなバンドはなんですかって」

「そんなんあったっけ。あなたにとってあなた自身の印象は？　とかそういう質問しか覚えてない」

「夏紀はなんて書いたん？」

「そもそも回答してない。希美は？」

「うちは、ポジティブ器用貧乏って書いたな」

「なんじゃそりゃ」

鼻で嗤ったつもりだったが、声が柄にもなく震えた。器用貧乏という表現に動揺した。

膝の上で腕を組み、希美はそこに顎をのせる。ふかふかのダウンジャケットが、彼女の重さの分だけ薄く沈んだ。

「でもうち、そういう自分が好きやから」

「うちも好きやで、そういう希美」

「そんなん、最初から知ってる」

「あらそう」

「そうそう」

くふくふと息を混ぜた笑いをこぼし、希美は夏紀の顔を上目遣いに見た。

「歌ってよ、本番の予行演習」

「アカペラで?」

「ええやろ。どうせ本番はもっと大勢の前で歌うんやし」

断ってもよかった。だけど、なんとなく歌ってもいい気分だった。いまだ生乾きの布の表面は、光を受けるたびに波打っているように見える。

「代替品がそこらじゅうにあふれてるのに、自分を大事にする意味ってなんだよ」

口ずさんだ歌に、希美が目を細める。その手のひらがダウンジャケットに食い込んでいるのが視界に入って、夏紀はわざと腹筋に力を込めた。練習のために何度も歌った詞たちは、夏紀の身体に染みついていた。

「結局、僕は君のなりそこないなんだ」

開いた喉奥に声が反響する。息を混ぜた歌声は地声よりもずっとよく響いた。夏紀が歌っているあいだ、希美は目を閉じたまま黙って耳を傾けていた。

最後まで歌い終え、夏紀は腹から思い切り息を吐き出した。傍らにいる希美を見やると、彼女は片目の瞼だけを軽く持ち上げた。その口端がゆるりと上がる。

「いい声やな」

シンプルな称賛に、夏紀は照れをごまかすように頬をかく。「そうやろ」と当然の顔で肯定するには、夏紀の面の皮の厚さが少しばかり足りなかった。

ピクニックのお供に優子たちが買ってきたのは、ビニール袋いっぱいの菓子と紙パックに入ったミルクティーだった。皆に紙コップを配り、甘ったるいミルクティーを飲みながらマシュマロやチョコレート、ポテトチップスなんかをつまむ。生産性のない、ただひたすらに楽しいだけの時間だった。

「はー、今日は大満足」

発起人である希美は、乾いた布を丸めながらそう言った。

三時間ほどのピクニックを終えたあとのことだ。希美は用意していたらしい紙袋に布をしまい、手際よくブルーシートを折り畳んだ。使用した刷毛やペンキ缶はゴミ袋へと押し込み、汚れないように口をきつく結んだあとにリュックサックにしまい込む。

「この幕はこっちで菫たちに預けておくから」

「ありがと、助かる」

「どういたしまして」

手際のいい仕事に夏紀が感心しているあいだに、片づけは済んでしまっていた。衣服や肌にはところどころ青いペンキが付着していたが、これはもうどうしようもない。風呂に入ったら取れるだろうかと、髪にこびりついた青を爪で剥ぐ。トレーナーは洗うよりも捨てたほうが早いかもしれない。

帰路についた四人は、途中で夏紀と優子、希美とみぞれの二手に分かれることになった。理由は簡単で、優子が寄りたいところがあると言い出したからだ。ペンキをつけて買い物なんてと思いながらも、夏紀は断ったりはしなかった。なんとなく、すぐに家に帰るのはもったいないような気持ちだった。

希美とみぞれに手を振って別れ、夏紀たちは近くにあるショッピングモールを目指す。優子は上機嫌で、アントワープブルーの鼻歌を歌っていた。ダウンジャケットからこぼれる柔らかな髪を、夏紀は隣を歩きながら目で追った。地毛からして少し明るめの色をした優子の髪は、全体的に茶色を帯びている。アイロンで巻かれた髪は緩やかにウェーブし、彼女の肩の上で弾んでいた。

「どこ行くん」

夏紀の問いに、優子は前を向いたまま答える。

「楽器屋」

「何しに？」

「おそろいのピック買おうかと思って」

「わざわざ？」

「せっかくやし、記念になりそうなもん欲しいなと思って。買うか買わんか悩んでんけどさ」

名案だろうと言わんばかりに、優子が気の強そうな両目をこちらに向ける。最後に行った身体測定では夏紀と優子の身長はぴったり同じだったから、こうして向かい合うと目線だって同じになる。

かぶっていたキャップを下に引っ張りながら、夏紀は「いいんちゃう」と言った。どっちでも、と付け加えたら口うるさく文句を言われそうだと思った。

「優子ってさ、なんでギターやりたいと思ったん？」

「何、急に」

「いや、そういや聞いたことなかったなって」

「夏紀ってば、うちのことそんなに知りたいわけ？　もー、しゃあないな」

「そこまで言うてませんけど」

「でも知りたいんやろ?」

「聞いてやってもいい」

「偉そうやな」

ぷはっ、と噴き出すように優子が笑う。夏紀は顔を背ける。日が沈んだせいで、街灯が一斉に点いた。日中の暖かさが嘘のように、冷えた空気が二人を包んでいた。

「中学のとき、軽音楽部に入るか悩んでてん」

「初めて聞いた」

「楽器をやりたかったの。それがギターでも木管楽器でも金管楽器でもパーカッションでも、そのときはなんでもよかった。なんとなく吹奏楽を選んで、なんとなくカッコいいからトランペットを選んだ。吹奏楽部はうちの性に合ってた。みんなを巻き込んで何かやるの好きやからさ」

そうだろうとも。一年間、副部長として優子を見守り続けた自分としては、そんなことは言われなくてもわかっている。

吉川優子という女は、台風の目みたいなやつだった。初めて出会ったころからずっとそうだ。コイツはどこにいたって多くの人間を惹きつけ、巻き込んで、いろいろなものを引っかき回す。

高校二年生のときには目も当てられなかった。三年生の中世古香織と一年生の後輩がソロを奪い合うことになり、優子はいろいろと大暴走していた。カリスマ顧問がやってきた一年目の北宇治吹奏楽部は、ありとあらゆるものがぐちゃぐちゃだったのだ。これまでのルール、これまでの価値観。それらがすべて破壊され、新しいものとして確立するには多くの時間が必要だった。

そして夏紀たちが三年生になったとき、北宇治は強豪校としてのシステムを完成させつつあった。敏腕部長である優子は争いの種を事前につんで回り、大きな衝突をその手腕で回避させた。圧倒的なカリスマ性。それを善性の方向に発揮するとこうなるのかと、夏紀は傍らに立ちながら考えていた。

みぞれのことも、香織のこともそうだ。情に深すぎるのは彼女の短所であり、大きな長所でもあった。

「希美たちが部活を辞めたときにね、トランペットだけっていうのは怖いなって思った」

「怖いって？」

「たとえばさ、トランペットでは絶対に負けたくないって思っちゃったら、それを吹く場所をなくしたときのダメージすごいやん？　希美はフルートやからマイ楽器を持ってたけどさ、じゃあうちがもしチューバパートの人間やったら、部活を辞めることはそのままイコールでチューバを辞めることになっちゃうやん。部活で使う楽器は学校の持ち物やから」

金管楽器で最大サイズを誇るチューバは、値段もかなりお高めだ。部活でマイ楽器を使っている人間はほとんどおらず、学校の備品を使うパターンが圧倒的に多い。

あぁ、そうか。不意に、自分の抱いていた寂しさの理由の一端が見つかった。夏紀はユーフォニアムを持っていないから、自分で買うか、もしくはどこかの団体に属さない限り、ユーフォを吹く機会はもう二度とやってはこないのだ。あれだけ毎日吹いていたというのに、その当たり前はすでに得難い場所にある。

「うちはトランペットやったからマイ楽器って選択肢もあるにはあってんけど、でも、頼るものを分散化しようと思ったの。いろんなものを好きになって、いろんなものを居場所にして……。そうしたら、何かを続けられなくなったときに別の何かが自分を助けてくれるやろ？　だからさ、ギターをやりたいなって」

「その理屈でいくならギターじゃなくてもよくない？」

「うん、ギターじゃなくてもよかったよ。一人でもやれる楽器なら、なんでも。だけど夏紀がギター弾けるっていうから、じゃあギターにしようかなって」

「『代替品がそこらじゅうにあふれてる』ってワケね」

「何かを始めるきっかけなんてそんなもんでしょ」

ダウンジャケットのポケットに両手を突っ込み、優子はイーと白い歯を剥《む》き出しにしてみせる。赤くなった鼻先に皺が生まれ、顔全体がくしゃりと中央に寄った。

「吹奏楽部はたくさんの人間でひとつのものを作るでしょ？　あれはあれで楽しかったけど、二人ってのはそれはそれで別の気持ちよさがあるな」

「大人数やと面倒なことも多いしな。わずらわしさからは解放されるわ」

「面倒なことって、たとえば？」

「人間関係の揉め事」

「うちらの代はそんなに揉め事なんてなかったくない？」

「誰かさんがアホみたいに手を回しとったからとちゃう？」

「アホとか言う？」

「事実やん」

ぴょん、と優子の靴が跳ねるように動く。それに合わせ、ダウンジャケットのフードも跳ねた。

夏紀は手を伸ばし、めくれ上がった優子のフードを直してやる。キョトンと目を丸くした優子が、夏紀の意図を汲《く》み取って立ち止まった。

「アホやと思ってるのに、夏紀はそうやって助けてくれるんやもんなぁ」

「あぁ？」

「夏紀がほっといても、うちは多分、一人でなんとかできたよ」

青い風が吹いた。夜の空気をにじませた、冷たい北風。柔らかな優子の髪が大きく翻り、整えられた前髪をぐちゃぐちゃにかき回した。自分の髪が乱れたことに気づき、優子はとっさに髪を手で押さえる。それでもすべて捕まえることなんてできなくて、彼女の指の隙間から、タンパク質でできた細い黒糸が漏れ逃げた。

「やろうな」

かぶったキャップをずり下げ、夏紀は優子の顔をのぞき込む。夏紀の髪はキャップのなかに収まっているから、突風なんかで簡単に乱れたりしないのだ。

「でも、一人でなんとかしてる優子を見るのはムカつくからさ」

「ムカつくって何よ」

「こう……見てるとイライラする」

「そんなこと言うのアンタだけやで」

呆れたような声音のくせに、優子のまなじりは下がっている。軽く突き出された唇はすぐに笑顔へと変形し、大きく開かれた右の手のひらが空気を含んだ夏紀のダウンジャケットをぼすぼすと叩いた。

「明日からさ、毎日バンドの練習付き合ってよ」

「どうせやるならよかったって言われたいしな」

「それもあるけど、シンプルに手を抜くのが嫌いやねん。結果が出たあとに、ああすりゃよかったって後悔するの、時間の無駄やん。それやったら初めから全力でやったほうが精神衛生的にいい」

「まったくもってそのとおり」

「何その言い方」

「いや？　相変わらず正しいなと思ってさ」

後悔したいと思って生きているやつなんてどこにもいない。だが、頭ではわかっていてもそのとおりにやれないのが人間ってもんなんだろう。

優子の手にこびりついたペンキの青が、目について離れない。目立たないだけで、夏紀の爪と爪のあいだにだって同じ色が入り込んでしまっている。

明るい時間に見たとき、その青を美しいと思った。そして夜になったいまもなお、その美しさが欠片も損なわれていないという事実を、夏紀は静かに噛み締めていた。

優子を張り倒してやりたいと思うことはこれまでも何度かあった。暴力を振るいたいという意味ではない。前へ向かって突き進む足を、どんな手段を使ってでもいいから止めてやりたいという意味だ。

おそろいのピックを楽器屋で買ったあと、明日の約束を取りつけてから夏紀は帰宅した。自室に飛び込み、ダウンジャケットを脱ぎ捨てて冷えた布団にダイブする。行儀が悪い、と脳の隅でイマジナリー優子が眉をひそめる。そして自分は当然の顔でそれを無視する。

抱き枕代わりに布団を抱え、表面に額を押しつける。一日中外にいたから、普段よりも疲れていた。瞼を閉じたら生まれる即席の闇に安心して、夏紀は深く息を吐いた。

——人間は、理由もなく一緒にはいない。

遊園地でみぞれに言われた台詞が、不意に脳内に蘇る。いや、本当は不意でもなんでもない。優子とともに楽器屋に向かう道中、考え続けていたことだった。

大学生になったら、夏紀と優子はどうなるのだろう。部活という理由がなくなり、授業という枠もほとんどなくなったいま、毎日顔を合わせる必要なんてなくなった。それでもいまもなお二人を密接につないでくれているものは、演奏発表という終わりの存在するイベントだった。

べつに、夏紀は昔のみぞれみたいに悲劇のヒロインを気取ったりしない。会いたくなれば自分から約束を取りつけるし、しゃべりたくなれば自分から電話をかける。ただ、会う理由がなくなることは少し怖い。本当に、少しだけ。

脳の海馬から、むわりとした熱気が染み出す。皮膚に染みついた虫除《むしよ》けスプレーの匂い。草むらで鳴り響く虫の鳴き声。薄暗い廊下の先でぽつんと光る、非常口の誘導標式。

これはあのときの記憶だ、と夏紀はすぐにわかった。高校三年生の夏休み中、吹奏楽部が許可をもらって校内で夜まで居残り練習していたときの記憶。

その日の優子は、朝から部内の人間関係の調整に神経をすり減らしていた。Aメンバーに選ばれた一年生の不安に寄り添い、顧問の指示に従いたくない三年生の不信に心を砕き、パート内の揉め事で気を荒立てる二年生の不満を受け止めた。昼休みの二年生の相談はとくに長かった。相談会という理由で夏紀と優子と後輩の三人は空き教室で対峙《たいじ》したが、話をするのはもっぱら夏紀以外の二人だった。

「いや、そこはアンタも悪いやろ。うちだってそんな言われ方したら腹立てるわ」

「でも、先輩だってひどいんです。『頭冷やしてこい』なんて言い方」

「ちゃんと気持ちを分けて考えなあかん。アンタは何に対して腹を立てたんや？　いま、アンタが持ってる怒りのうち、百パーセントがその先輩のせいで生まれたんか？」

「それは、」

「ちゃうやろ。親に進路を反対されてムカついてて、さらに先輩に叱られて爆発したんや。先輩から見たらアンタが八つ当たりしてるように感じるわけよ」

「あれ、私、部長に進路で親と揉めてるって言ったことありましたっけ」

「言わんでも伝わってる。アンタが音大目指して頑張ってることも、楽器を家に持ち帰って毎日練習してることも、全部知ってる。アンタが努力家なところも、とっさのときに上手く自分の気持ちを言葉にできひんことも、誰かを怒らせることに不慣れでいまどうしていいか戸惑ってることもわかってる。全部ひっくるめて、うちはアンタのことを認めてる」

「部長……」

ぐすぐすと鼻をすすり出した後輩の手を、優子が強く握り締める。

「誰かを怒らせても、アンタの居場所はちゃんとあるで」

念押しするような優子の発言に、後輩の涙腺は今度こそ決壊した。大泣きする後輩を甘やかし、自分が味方であることを伝え、謝れば相手は許してくれるとささやく。しばらく泣いていた後輩は次第に元気を取り戻し、喧嘩した先輩と対峙する勇気を得る。はい、チャンチャン。めでたし、めでたし。優子の鮮やかな手腕に内心で舌を巻きつつも、二人のそばにいた夏紀はその内心をおくびにも出さない。

そりゃあ許してくれるだろ、と夏紀は心のなかで思う。そもそも、優子がこの後輩を呼び出して相談会を始めたのは、件《くだん》の先輩にフォローしてやるように頼まれたからなのだから。向こうはすでにばつの悪い思いをしているのだ、謝られたらすぐに許す。

そして後輩は優子のフォローが先輩によって手回しされたものだと知らされないまま仲直りする。部内の優子のカリスマ性はますます高まる。

吉川優子の円滑な部活運営は、部長が彼女でなければ成立しない。

北宇治の吹奏楽部員は皆、優子が表裏のない人間だと思い込んでいる。それは二年生のときに香織を支持し続けた一貫性のせいかもしれないし、夏紀に対するデリカシーのない言葉選びのせいかもしれない。

部長である優子と副部長である夏紀の戯れのような言い合いは、場の緊張を緩和するのに明らかに役立っていた。夏紀のそばで好き放題言っているときの優子の態度は、完全無欠な部長が見せるわかりやすい隙だ。そのおかげで、後輩たちは優子のことを怖がりすぎない。隙のある相手に対して、人間は好意と安心を抱きやすい。

だからこそ、優子の鼓舞の言葉は部員に響く。あの吉川部長が言うんだから本音に違いないと簡単に思い込んでしまうというわけだ。あすかが夏紀を副部長として指名したのも、こうした流れになることを見越してのことだろう。あすかが卒業しても、夏紀はずっと彼女の手のひらの上で踊らされ続けている。

「いつまでついてくるん」

昼に起こった出来事をつらつらと回想していた夏紀は、とがめるような優子の口調に我に返った。日はとっくの昔に沈み、世界は夜が支配している。

十九時を過ぎても続く合奏練習は、部員たちの集中力を徐々にむしばんでいた。見兼ねた顧問が「二十分間の休憩です」と腕時計を見下ろしながら言い、部員たちには束《つか》の間の自由時間が与えられた。その過ごし方はさまざまだ。個人練習に励む者、ただひたすらぼーっとする者、雑談に花を咲かせる者……要は気分転換さえできれば何をしてもいい時間だった。

水筒から麦茶を口内に流し込んでいた夏紀の視界に、無言で扉から出ていく優子の後ろ姿が引っかかる。優子のあとを追いかけたのなんて、ただそれだけの理由だ。こちらの足音に気づいているだろうに、優子は歩みを緩めたりしなかった。階段を下り、昇降口を抜け、中庭に出る。そこで初めて優子は立ち止まり、振り返りながら先ほどの問いかけを夏紀へ送った。月が綺麗な夜だった。

「いつまでって？」

ジャージにTシャツ。今日の夏紀はラフな格好をしている。前にいる優子も似たような服装だ。黒地のTシャツの胸元には、『I must be cruel, only to be kind』と紫色の英文が印刷されていた。

そういえば、と夏紀が自分のTシャツを見下ろすと、セピアカラーの遊園地の写真の上に『Love, the itch, and a cough cannot be hid』とピンク字の英文が躍っていた。意味は知らない。そもそも夏紀は服を買うときに英文の内容を気にしたりはしなかった。たまにとんでもない意味だったりすることがあるので、本当は注意したほうがいいのだろうけど。

「うちは一人になりたくてわざわざここに来たんですけど」

「そうなんやろうなぁと思ってついてきた」

「はぁ？　日本語わかんないの」

「わかってるって、優子じゃあるまいし」

「喧嘩売ってる？」

「油を売ってる」

「減らず口叩いてる暇があるなら音楽室に戻れば」

吐き出される声は刺々《とげとげ》しい。ひそめられた眉、吊り上がったまなじり。苛立ちを剥き出しにした優子の表情を見ると、なぜだか愉快な気持ちになる。

「まぁまぁ、座って月でも見ようや」

アスファルトで舗装された中庭で、夏紀はあぐらをかいて座った。人が座ることを前提に作られていない地面は、ごつごつとして痛かった。

「月とかどうでもええし」

そう反論しながらも、優子は立ち去ろうとはしない。すぐそばにある二本の足を、夏紀は瞬きしながら眺めた。ゆったりとしたシルエットのジャージが、彼女の本来の脚の輪郭をすっかり隠してしまっている。

「ずいぶんピリついてるな」

夏紀の指摘に、優子は射抜くような眼差しをこちらに寄越した。だらりと下がった手の先、ジャージに触れる彼女の人差し指は小刻みに上下を繰り返している。

「まじでどっか行ってくれへんか」

「八つ当たりしたくないから？」

「わかってるんやったら見て見ぬフリする優しさがあってもええと思うねんけど」

「なんでうちが優子に優しくせなあかんの」

「じゃ、ここにいるのは嫌がらせ？」

「そうそう、ただの嫌がらせ」

あぐらの上に肘を突き、夏紀は自身の手の甲に頬を置いた。むわりとした熱気が衣服から剥き出しになった皮膚にまとわりつく。額にうっすらとにじんだ汗は、時間がたてば雫《しずく》となって頬を伝い落ちるだろう。

薄い唇を軽く噛み、優子はうつむいた。後ろで縛ったポニーテールの先に指を巻きつけ、夏紀はわざとらしく唇の片端を吊り上げてみせる。

「ほら、座って」

「アンタのそういうところが死ぬほどムカつく」

暗闇に、弱々しい声が吐き捨てられた。優子は手のひらを自身の頬に押し当て、汚れひとつない肌を拭う。見開かれた彼女の両目には、涙の膜が張っていた。感動の涙じゃない。あれは、怒りの涙だ。思いどおりにならない自分自身に対する子供じみた癇癪《かんしゃく》。

夏紀は指先で彼女のジャージをつかむと、緩く引っ張った。

「手をつないでやろうか」

「うるさい」

「抱き締めてやってもいいで」

「どっか行って」

「あとは何があるかな、膝枕とか」

「馬鹿にしてるやろ」

「べつに。慰めてやろうと思っただけ」

ハッ、と優子の口から浅い呼吸音が漏れた。校舎を見上げると、煌々と輝く音楽室の光が見える。まばらに聞こえる楽器の練習音が、夜の沈黙をかき消した。

「慰めてもらうようなことなんてひとつもない」

そう、優子は言った。一音一音を句切るような、神経質な発声だった。

「同意するわ、アンタは全部上手くやってる」

「じゃあなんで」

「さっきも言うたやろ？　嫌がらせやねんから、アンタが嫌がることをしないと」

夏紀はもう一度、優子のジャージを引っ張った。優子は黙り込んだままじいと夏紀を見下ろしていたが、やがて深々とため息をついた。「あほらし」と小さくつぶやき、彼女は夏紀の隣にしゃがみ込む。紫色のフォントで書かれた英文が、無性に夏紀の目に刺さる。

「あ、頭をなでてやろうか」

思いついたことをそのまま口に出せば、優子は「いらん」と即答した。その割に彼女の前頭が重そうに傾いていたものだから、夏紀は手を伸ばすことにした。優子の後頭部に手を添え、そのまま抱き込むように小さな頭を肩口に引き寄せる。あれだけ憎まれ口を叩いていたくせに、優子は抵抗しなかった。

夏紀の肩に、彼女の両目が押しつけられる。熱の塊を、Tシャツ越しに意識する。

「……疲れた」

すぐ間近で聞こえたささやきは、うめき声に近かった。コロン、と彼女の心の柔らかな部分が吐息の形のまま地面に転がる。他人を威嚇してまで隠し通そうとした感情の正体がこんなちっぽけなものだなんて。なんとまぁ、回りくどい弱音の吐き方だ。皆から慕われる吹奏楽部の理想的な部長サンは、作りものの隙以外を他人に見せたがらない。

本当は夏紀にだってわかっている。夏紀がいなくたって、優子は自分の感情に折り合いをつけられる。そういう術を知っているやつだ。だからこれは、夏紀の自己満足なのだ。優子の部長としての仮面をバリバリと剝がし取って、破壊し尽くして、それでもって彼女が内に秘めたもろい部分を無理やりに引きずり出してやる。

なんでそんなことをするのかと聞かれたら、ムカつくからと夏紀は答える。二年生のときには剝き出しだったはずのそれが、部長に就任した途端に完璧に隠されるだなんて腹立たしい。

泣いてしまえ。

そう口に出してしまえば、優子の涙は自分の前から失われてしまうだろう。なんせ彼女はひどい天邪鬼《あまのじゃく》だから、優しく甘やかしたところで素直になったりしないのだ。

優子は何も言わなかったし、夏紀も何も言わなかった。馬鹿みたいに近い距離で寄り添ったまま、二人は互いが生きている気配を感じていた。

音楽室前の廊下からこちらの様子は見えているだろうか。目をすがめた夏紀は、すぐに遠くを探ることを諦めた。暗いところから明るいところを見ると何があるかはっきりわかるが、明るいところから暗いところを見たってそこにあるのは漠然とした闇だけだ。光に慣れた目では捉えられないものなんていくつもある。

そして、その事実に救われることも。

「もう大丈夫」

優子の手が、夏紀の鎖骨辺りを軽く押す。立ち上がる彼女は憑《つ》き物が落ちたような、どこか晴れやかな表情を浮かべていた。「そっか」と夏紀はうなずく。それ以上の言葉は互いに必要としていなかった。

あのときのTシャツはどこにやっただろうか。

脳内に浮かんだ疑問が、夢の終わりのサインだった。両目を開いた瞬間、視界いっぱいにかけ布団の模様が広がる。何か英文が書かれていたことは覚えているのに、それがどんな内容かまではすっかり忘れてしまっている。夏紀の脳内に収納された記憶というのはたいていそうで、どこか細かいところが欠けている。

くわっとこぼれた欠伸のせいで、生理的な涙があふれた。乱暴に目をこすると、指先に睫毛がくっついている。夏紀はベッドから身を起こすと、抱えていたかけ布団を端のほうへ押しやった。

ギターが弾きたい。スタンドに置かれたギターに手を伸ばし、ベッドに座ったまま太ももにのせる。エレキギターだからアンプにつなげなければならないのだけれど、立ち上がるのが億劫《おっくう》でそのまま弦を指で弾いた。アコースティックギターとエレキギターじゃ、そのまま弾いたときの音が全然違う。アコースティックギターはボディー内が空洞だからよく音が響くし、エレキギターは中身が詰まったままなので弦だけの響きになる。

　夏紀がエレキギターを始めたのは従姉がくれたからだし、もしも彼女がアコースティックギターをくれたならいまもそちらを弾いていたかもしれない。中学生の自分はとにかくギターが弾きたくて、種類やメーカーや型番なんて何ひとつ気にしていなかった。大学生になってアルバイトを始めたらギター収集をするようになるかもしれないが、いまのところ夏紀は自分の持っているギターに満足している。性能も充分だし、それに何より愛着がある。

　ギターを始めたてのころ、お下がりでもらった教本を読むのは早々に飽きて、動画サイトを見あさるようになった。紙の教科書よりも動画のほうが夏紀にはわかりやすかった。少しずつ弾けるフレーズが増え、気づけば弾ける曲も増えた。発表する場も特別な目的もなかったのに、自分のできることが増えるのがただただおもしろかった。

　上手くなりたかった。昨日の自分にできなかったことを、今日の自分ができるようになりたかった。それを「偉い」だとか「真面目」だとかいう言葉で他人に形容されたら反吐《へど》が出るなと思う一方で、吹奏楽部だと自分だって似たような評価を他人に対して行っていた。

抱えたギターの上に覆いかぶさるように、ガクンと首が前に倒れる。鏡面に仕上げられた楽器の表面にぼんやりとした肌色の影が映り込む。

アンプに接続されていないエレキギターは薄い壁を一枚挟んだようにどこかくぐもった響きをしている。もっとも魅力的な形を知っているから、それが本来の音色でないことを己の耳によって気づかされる。

だけど夏紀は、こうして密やかに鳴り響くエレキギターの旋律も好きだった。

「卒業証書、授与」

三年一組一番。名字と名前によってトップバッターを任された生徒が壇上に立つ校長の前に立ち、一礼し、証書を受け取っている。

卒業式の日、天気は快晴だった。

名簿順に名前を呼ばれ、生徒たちが次々と移動する。木製の長椅子がびっしりと並べられた体育館に、普段より小綺麗にした生徒たちが規則正しく詰め込まれている。ぼんやりと目の前の光景を眺めていると、小学生のときに皆で体育館で行ったドミノ倒しのことを思い出す。同じ向きに、同じ間隔で、いつか倒すためだけに駒を美しく並べる。サイズや形が違うものが交ざると並べ手の技量が問われてしまうから、先生たちは皆が扱いやすいようにすべて同じ駒を用意してくれていた。

個性を愛せと言い聞かされながら、個性を殺す訓練をさせられる。存在するだけでいいと言われながら、他者との差をつねに意識させられる。夏紀にとっての学校とはそういう場所だ。愛着を抱きつつも早く解放されたいと願ってしまう、矛盾だらけの狭い箱庭。

「傘木希美」

「はい」

壇上でスタンバイをしていた希美が、よどみない動きで校長の前へ立つ。最初に左手、次に右手。証書を受け取り、一歩下がって礼をし、そのまま証書を左手に持ち替える。

後方にいる希美の両親は涙ぐんでいるかもしれないし、笑顔で感慨にふけっているかもしれない。優子の両親もみぞれの両親も体育館内にいて、夏紀の家族は母親だけが参加していた。べつに来なくていいと五回ほど繰り返して言ったのだが、母親が来ると言って聞かなかったのだ。こんな退屈な式になぜわざわざ来たがるのか、いまいち理解できない。

自分の番が近づき緊張しているのか、隣の男子生徒が先ほどからソワソワと身じろぎしている。確か帰宅部の男子だ。騒がしいほうではなく、物静かなタイプ。休み時間は席でいつも本を読んでいて、友達はいるが特定の誰かと一緒にいるわけじゃない。シルバーのほっそりとした眼鏡フレームには、厚みのあるレンズが嵌《は》まっている。彼の目にはこの学校がどう映っているのだろうか。終わりまでのカウントダウンが待ち遠しくて仕方ないのかもしれないな、と夏紀は静かに息を吐き出す。

体育館のいちばん後ろには、吹奏楽部が陣取っている。夏紀だって去年まではそこに座っていた。入場曲として演奏された『行進曲「威風堂々」第1番』は素晴らしい仕上がりだった。夏紀が一年生のころに入学式で聞いた演奏とは大違いだ。

部員たちが座るパイプ椅子は、三年生がいたころよりもいくらか数が少ない。だが、もともと大所帯の北宇治高校吹奏楽部だ。三年生が引退したとて、演奏の華やかさは失われない。

ユーフォニアムの席には新部長である久美子ともう一人の後輩が座っていた。用意された席はふたつだけだし、それ以上の席はいまの吹奏楽部に必要ない。現役時代、自分は部活に必要不可欠な存在だと自負していたけれど、実際はそんなこともないのだろう。代替品があふれている世の中だ。替えの利かない人間なんてきっといない。

この世界は、夏紀が想像するよりずっと上手くできている。

隣の男子生徒が動き、夏紀は自分の番が迫っていることに気づく。スタンバイ場所に着き、夏紀は自身の左腕を軽くさすった。今日のために着飾った教師たちが笑顔で拍手を繰り返している。式は退屈で、やる意味が少しも見いだせなくて、だけどそれをぶち壊してやろうと実際に動くほど夏紀は愚かな人間になりきれない。

「中川夏紀」

名を呼ばれ、「はい」と返事をする。こちらに証書を差し出す校長にとって、自分なんて取るに足らない存在だろうなとぼんやりと考える。彼は夏紀とほかの生徒を区別していないだろうし、それが悪いことだとは微塵も思わない。だって、世の中ってそういうものだし。

証書を受け取り、リハーサルどおりに礼をする。粗相のないように注意しながら、夏紀は速やかにもとの自分の居場所に戻った。これで自分の役目は終了だ。

自分の見知った顔が壇上に上がればちょっとニヤニヤし、それ以外の時間は退屈しのぎに空想にふける。卒業式はとくにハプニングもなく進行し、卒業生たちは吹奏楽部の退場曲に背中を押されながら体育館をあとにした。

ホームルームを終えてクラスメイトたちに別れを告げたあと、元吹奏楽部員たちは中庭に集められていた。一、二年生にとって今日は休日なのだが、式の手伝いがある吹奏楽部員は強制的に登校させられている。そのため、見送り率がほかの部活よりも高いのだ。

「夏紀先輩、卒業おめでとうございます」

そう言って久美子が差し出したのは、ワイヤー製の小さな鳥かごだった。実用性にはとぼしい、インテリア用の銀色の鳥かご。そのなかは白を基調としたプリザーブドフラワーと青い小鳥のフィギュアで飾られていた。

「コンクールの自由曲、『リズと青い鳥』だったじゃないですか。だからそれにちなんだものにしたいねってみんなで話して」

この鳥かごは夏紀だけじゃなく、三年生部員全員に用意されているようだった。あちこちで歓声が聞こえ、多くの三年生部員たちが涙をにじませながら礼を告げていた。優子に至っては今朝の登校の時点ですでに泣きそうになっていた。気が早いったらありゃしない。

号泣する優子をトランペットパートの後輩たちが取り囲み、何やら声をかけている。その言葉が琴線に触れたのか、優子の泣き顔はますますひどいことになっていた。フルートパートでは希美が目元を拭いながら三年生と話していた。優子も希美も、涙もろいのは中学時代から変わらない。

オーボエパートのみぞれは泣いてはおらず、代わりに後輩が人目も憚らずに大泣きしていた。ハンカチを差し出すみぞれの表情は普段よりもどこか柔らかく、先輩らしい振る舞いもできるのだなと夏紀は密かに感心した。

ユーフォニアムパートの後輩たちも、夏紀の卒業を惜しんでくれた。少しひねくれた性格の一年生の目は赤かった。それをからかってやれば、彼女は矛先逸らしとばかりに「久美子先輩なんて、演奏の途中で泣いてましたよ」と隣にいる先輩の恥ずかしいところを暴露した。久美子はごまかすどころか、「お別れだと思うと寂しくて」と目を潤ませ始めた。この二人のやり取りは、どちらが振り回してどちらが振り回されているのかたまにわからなくなるのがおもしろい。

後輩たちとの会話は楽しかった。途中からチューバパートとコントラバスの面々も加わり、改めて低音パートでお別れ会をしようという話も決まった。これが今生の別れでないと確信した後輩たちは、明らかにほっとした様子でほかの三年生に話しかけに行った。夏紀はそれを見送る気でいたのだが、なぜか久美子だけがその場から一向に離れようとしなかった。

新部長である久美子は、ほかの三年生とも馴染みが深い。「みぞれとか、話しに行かんでええん？」と口にすると、「いまは夏紀先輩と話したくて」と彼女は眉尻を垂らして静かに笑った。どこか困ったような、ごまかすような、曖昧な表情だった。

「私が一年生だったときのオーディション、いろいろあったじゃないですか」

「あぁ、懐かしいな」

夏紀は目を伏せる。滝が北宇治にやってきてからの初めてのコンクールで、久美子はAメンバー、夏紀はBメンバーとなった。メンバー発表時の久美子の顔はいまでもよく覚えている。ひどい顔だった。このまま失神するんじゃないかとこちらが危惧してしまうくらいに。だから夏紀はできるだけフランクな態度を心がけて、久美子の肩に腕を回した。難しい立場に置かれた後輩へのフォローのつもりだった。

あのとき、目が合った瞬間に久美子の顔から血の気が引いていくのを感じた。その黒い瞳の奥で、凍りついていたおびえが溶け出している。

あほらし。

そう、心のなかで思った。あたかも自分が大罪人になったような顔をして、こんなふうに追い詰められて。こんな——たかが部活ごときで。

「私、あのときに夏紀先輩がシェイクをおごってくれたの、うれしかったんですよ」

久美子の言葉に、夏紀は脳内で再生されていた過去の映像を中断させる。

シェイクなんておごっただろうか。動揺していた久美子をファストフード店に連れていったことは間違いないが、注文した品までは覚えていなかった。あのときの自分は久美子の身勝手な後ろめたさを追い払いたかっただけだから。

——先輩は、いい人ですね。

告げられた台詞が懐かしい。あのとき、どこがいい人なものかと夏紀は内心でせせら笑っていた。夏紀はいつだって自分のために動いている。それを他人が勝手に優しさと勘違いしているだけだ。久美子に声をかけたのだってそう。おびえる久美子を見ているとムカついたから、自分が不愉快な気分にならないためにフォローした。

「大げさやな。大したことしてへんのに」

「前にも言ったことあると思うんですけど、私、中学生のときの出来事がトラウマだったんです。先輩を差し置いてAメンバーに選ばれて、そしたら急に先輩が豹変《ひょうへん》して」

「そんなしょうもないやつらと一緒にされたらたまらんわ」

思わず顔をしかめた夏紀に、久美子は「そうでしょうね」と笑い混じりにうなずいた。その語尾がかすれているのは、おかしさが込み上げたからではないのだろう。

「救われたんですよ、私は夏紀先輩に」

くしゃり、と久美子が破顔する。不自然に上がった口角は次第に震え、その頰はゆっくりと下がっていた。唇から漏れた吐息は不自然なところで途切れ、感情を覆い隠すように久美子は手のひらで自分の口を覆った。それでもこらえきれなくなった嗚咽《おえつ》が、歯と歯の隙間からこぼれ落ちた。

久美子は泣いていた。あまりにもいとけなく。

「私、感謝してるんです。本当に、夏紀先輩が先輩でよかった」

こぼれ落ちる涙が彼女の頰を濡らしていく。あぁ、きっとこれが正解なんだろうと夏紀は漠然と思った。久美子はとても正しい態度で、先輩の卒業式と向き合っている。これが人生のひとつの区切りであることを理解して、自分の好意を必死に伝えようとしてくれている。肝心の夏紀自身は、いまだに宙ぶらりんなのに。涙すら出ないのに。

「すみません」と鼻をすすりながらうめく後輩の頭を、夏紀はくしゃくしゃとかき混ぜるようになでてやった。

本当は否定したかった。自分は久美子が思うようなやつじゃないんだと叫びたかった。だけど、そんなのは子供じみた癇癪だ。わかってもらいたいなんて感情は、後輩にぶつけるようなもんじゃない。

それに、できることなら最後までカッコいい先輩のフリをしたいじゃないか。

「そう言ってくれるなら、部活に入った意味があったわ」

左腕に抱えた鳥かごの中身がカサリと揺れる。枯れることのないスイートピーが狭い鳥かごの内側を美しく彩っていた。

その日の夕食は家族で焼き肉を食べに行った。一人三千円の九十分食べ放題コース。かしこまったお祝いなんて中川家らしくないし、夏紀だって望んでいない。

ペラペラの牛タンが網の上で縮こまっていく。脂が流れ落ちたそれをレモンと塩につけて食べた。タレに漬かったカルビはサンチュに包んだ。きゅうりのキムチも、白米も頼んだ。蜂蜜がたっぷりとかかったサツマイモのあとは、辛いスパイスで味つけされたチキンを焼いた。染み出した脂のせいで火の勢いが強くなった。

慌てた父親がトングで肉の位置を動かし、それを見た母親がケタケタと笑い出した。

「びっくりしたわ」と母親が割り箸で肉を突きながら言う。そしてまなじりを下げ、「卒業おめでとう」とムードもへったくれもない声音で告げた。「え、いま？」と夏紀は肩をすくめた。父親は肉と格闘しながら、片手間みたいな雑さで「おめでとう」と言った。多分、照れ隠しだった。夏紀の「ありがとう」もカルビをハサミで切りながらだったのでおあいこだ。

はち切れそうなくらいに腹を膨らませ、夏紀たちは帰宅した。机の上には今日の戦利品がうずたかく積まれている。筒に入れたままの卒業証書、書き込みで余白がなくなった卒業アルバム、後輩からもらった鳥かごアレンジのプリザーブドフラワー、イラストとメッセージであふれた色紙、一人ずつ渡された手紙たち。

そのいちばん上にある封筒をつまみ上げ、夏紀はベッドへと寝転がった。送り主の名前は吉川優子。今朝、一緒に登校した際に押しつけられたものだ。どうせ明日もカラオケ店で会うというのに、手紙だなんて律義なやつだ。

封筒の口はラッパのシールで閉じられている。夏紀はそれを手に取り、蛍光灯の光にかざした。本当は、登校しているときに見てやろうと思っていた。だが、優子が自分のいないときに読めとしつこく念押ししてきたから読むのは後回しにした。

シールを爪先で引っかくと簡単に剥がれた。なかに入っていた便せんは意外と枚数があった。夏紀は身を起こし、ふたつ折りにされた紙を開く。『中川夏紀さま』なんて書き出しから文章は始まっていた。


明日は卒業式ですね、なんてかしこまって書くのもなんかあほらしいな。いや、ほんまはこんなもんを書くつもりなんてまったくなかったんやけど、香織先輩が去年、卒業式の日にあすか先輩に手紙を書いたっていうから、私もそれにならってみた。つまりこの行為は香織先輩へのリスペクトから発生したもんやから、そこらへん勘違いせんように！

それにしても、もう卒業やで。めっちゃやばない？ ついこのあいだ一年生やった気がするのに、我々も春から大学生ですよ。はっや！ この一年、自分ではがむしゃらにいろいろと頑張ったつもりやねんけど、こうして振り返ってみると、もっとああすればよかったとかこうすれば上手くいったかもとか、自分のあかんところも見えてくるね。ま、いまさら言うてもしゃあないことやけど。

手紙になってもおしゃべりなやつだな、と夏紀は口元に薄く笑みを浮かべた。二枚目、三枚目を読み進めると、さらに話は脱線した。ノープランで書き始めたであろうことはすぐに察したし、それがわざとであることも理解していた。優子が書きたかったものはおそらく、格式ばったものとは正反対のものだ。

四枚目になり、ようやくゴールが見えてくる。文章を目で追いかけながら、夏紀は乾燥する自分の指先を軽くこすり合わせた。親指と人差し指。それぞれの指の腹の部分がこすれるたびに、境界を失った指紋の感触がどちらの指からも伝わってくる。

夏紀は再び便せんに視線を落とす。ときおり現れるインクだまりが、彼女の感情のムラを表しているかのようだった。

関西大会のあと、一緒に帰ったこと覚えとる？　アンタさ、わざわざ遠回りしてうちについてきてさ。余計なお世話やとか言っちゃったけど、ほんまはうれしかったよ。ありがたかった。どっか行けって言って、それでもそばにいてくれるやつがおるってのは感謝すべきことやなとずっと思ってました。言葉で伝えられんかったけどね。アンタすぐ茶化すし、お礼とか言わせてくれんから。

うちはこの一年、ずっと部長でした。起きてから寝るまで、ずっと北宇治高校吹奏楽部の部長。もうね、切り替えのスイッチがぶっ壊れてたよ。去年の部長とか副部長はどうやって上手く切り替えてたんやろね。うちにはさっぱりわかりません。

というか、いま振り返ると、そういう自分に酔ってたところもあったかも。頑張ってるうち、偉い！　みたいな。でも、それを続けられたんは、アンタがうちの部長スイッチを毎回オフにしてくれてたからやなって、引退してから気づいた。アンタがおらんかったら多分、やっていけんかったよ。だからー、そのー、あれですよ。素直に認めるのもシャクで、いままであんま言わんかったけど……あー！　勢いがないと書けへん！　つまりまあ、ありがとよ！　アンタが思ってる以上にこっちは感謝してるぞ！　ってことです！　以上！

なんか、いっぱい書いてて不安になってきたけど、ほんまにこれ、アンタに渡せとるんやろうか。恥ずかしさで死にそうよ、いやほんまに。書いてるうちがこんなにつらい目に遭っとるんやから、読んでるアンタも恥ずかしくなって苦しめばええと思います。いままでありがとう！　アンタのこと結構好きやぞ！　……どう？　照れた？　ざまあみろ！

とまあ、長々としょうもないことを書いててもしゃあないので、この手紙はここで終わりにします。これから先、こんなこっぱずかしい手紙を書くことは二度とないでしょう。うちの黒歴史になること間違いなしなので、読み終わったらすぐさま燃やすことを推奨します。絶対に取っておいたりしないように！

結びは、『やっぱ渡さんほうがええような気がしてきた吉川優子より』なんて彼女らしい言葉だった。夏紀は手紙を手にしたまま、ただ茫然《ぼうぜん》と息を吐いた。自身の肺に詰まった空気が、とぷりと震えたような気がした。

便せんを再び折り畳み、夏紀は封筒のなかへと戻した。片づける気にはどうしてもならなくて、そのままベッドの隅に置く。

「恥ずかしいやつ」

そうつぶやいた自分の声のほうが、よっぽどこっぱずかしい響きをしていた。傍らにあったスマートフォンを引き寄せ、「手紙読んだ」とだけメッセージを送る。続けて、「また明日」という文も。

いっそこの場で返事を書いてやろうかと思ったが、夏紀はすぐに思いとどまる。スマートフォンを封筒の上に放り出し、夏紀は右腕で自身の両目を覆った。右足の爪先が、自身の左のふくらはぎをゆっくりとたどる。皮膚に食い込む爪の感触が、肌の表面にぼんやりと痛みの糸を引いた。

涙は出ない。卒業式のときからずっと、夏紀の視界は揺らぎすらしない。べつに自分は涙もろいほうではないが、まったく泣かないタイプでもない。前に優子と動物映画を見たときは涙を流してしまったし。

結局のところ、自分はそういう人間なのだろう。中学生のときと同じで、卒業式で心を揺さぶられたりしない。感慨は抱くが、それで終わり。希美や優子とは根本が違うのだ。

今日はもう眠ってしまいたい。イベントの本番まで一週間を切っている。それが終われば優子とギターを練習する回数だって減るし、退屈な時間も増えるだろう。新生活の準備だって始まるし、高校時代の思い出に構ってなんかいられなくなる。

そういえば、青色の電飾がどうとか言われてたな。眠りに落ちる直前、なぜか以前の優子とのやり取りを思い出す。店内を飾りつけるのに使うと言われたのはいつだったか。

両目の上にのせた腕で、瞼越しに眼球を押す。まぶしい暗闇のなかで腑抜けた極彩色が飛び散った。

卒業した次の日の朝も、世界はちっとも変わらなかった。もそもそと身を起こすと、デジタル時計が十時過ぎだと告げている。耳慣れたアラームが鳴ることはなく、制服の袖に腕を通す必要もない。カーテンを引き開けると、部屋中に日光が充満した。夏紀は豪快に口を開けて欠伸をする。家にほかの人間の気配はなかった。家族は全員、すでに仕事に行ったのだろう。

寝間着姿のまま、夏紀はのろのろとキッチンへと移動する。フライパンでハムエッグを作るあいだに、トースターでパンを焼く。数分後、チンという音が鳴ったのを確認して焦げ目のついたパンを皿へと移した。マーガリンを表面に塗り、その上にハムエッグをのせる。あとは冷えた牛乳をグラスに注げば、夏紀の朝食のできあがりだ。

ダイニングテーブルに皿を置き、木製の椅子に腰かける。ひどく静かな空間だった。静寂を身にまといながら、夏紀はパンにかじりつく。

「あー、うめぇ」

誰に聞かれるでもないつぶやきが落ちる。歯をパンの耳に突き立てるたびにサクサクとした軽い食感が口のなかで響いている。唇についたパンくずを指で拭い、夏紀は大きく息を吐いた。

今日のスケジュールは至ってシンプルだ。十三時から優子とカラオケ店で練習。以上。

せっかく卒業したし、おめかしでもするか。見せる相手は優子だけだがそれでもいい。

使い終わった食器を片づけ、夏紀はいそいそと身支度を始める。パステルピンクのタイトなデニムスカートに、だぼだぼした黒のトレーナー。靴下もスニーカーも鞄も黒に統一しよう。母親から卒業祝いに贈られたメイクボックスを開けて、化粧なんかもやっちゃったりして。

下地を塗って、ファンデーションをして、眉を整えて、アイシャドウやらアイライナーを使って。鏡に映る自分を凝視しながら、オレンジ色のリップを塗る。できあがった自分の顔を見て、なかなかいい仕上がりなんじゃない？　とちょっと角度を変えてみる。ふふんと鼻を鳴らして、満足して――そして、すべてがどうでもよくなった。無意識にうめきながら、夏紀はソファーへと寝転がる。結んでいない髪がぐちゃぐちゃと乱れる感覚がしたが、整えるのは億劫だった。何もかもがどうでもいい。名前のつかない、ただそこにある透き通った空っぽが夏紀の肋骨《ろっこつ》の下辺りをしくしくと苛《さいな》んでいた。

これが燃え尽き症候群ってやつですか？　と夏紀は音もなく独りごつ。どこか皮肉めいた言葉選びに、唇が勝手にめくれ上がった。

目を閉じて思考する。昨日、夏紀を取り囲んだやつら。そのなかに音楽を続ける人間はどれくらいいるのだろう。これから先、もう二度と会うことのない顔があのなかにいくつあったのだろう。

べつに、寂しいわけじゃない。悲しいわけでもない。ただ、虚しい。あれだけ濃密な時間をともにしたというのに、いったい自分に何が残ったというのだろう。すぐ間近にいた人間も、いつの日か思い出のなかの住民になってしまう。音楽室に集まって同じメンバーで合奏することは、これから先、二度とない。

熱い何かが頬を伝って、夏紀は反射的に指で拭った。それが涙であることに気づくのに、数秒のタイムラグがあった。瞬きすると、瞼の縁から押し出されてぼろぼろと涙があふれ出す。いまさらかよ、そうつぶやこうとして唇が震えた。

呼吸のリズムが崩れ、夏紀はソファーの上にあったクッションを抱き締める。涙腺の蛇口が壊れてしまったのか、涙があふれて止まらない。「バスタオルが必要か？」とイマジナリー優子が揶揄する。必要かもしれないなと夏紀はクッションに額を押しつけながら思った。

ひどくなる嗚咽をこらえようともせず、夏紀はただ泣き続けた。涙の条件は一人になることだったのかと、夏紀はようやく思い知った。

「うわ、ひどい顔」

開口一番言うことがそれか？　と夏紀は泣き腫らした目を半開きにした。ギターケースを背負った優子の目も少し腫れぼったい。昨日、あれだけ式で大泣きしたのだからそうなるのも当然か。

「家帰って泣いたん？　学校では全然普通やったのに」

「まあ、そんなところ」

「へへっ、いい気味」

舌をちらりとのぞかせながら、優子が笑う。待ち合わせ場所はいつもと同じくカラオケ店の最寄り駅だった。同じくギターを背負う夏紀は、「アンタも泣いたくせに」と唇をすぼめた。

「手紙も読んだ。ありがと」

「何？　ずいぶんと素直じゃん」

「せっかくもらった手紙やから、おばあちゃんになったらもう一回読み返そうと思って大事にしまってある」

「はぁ？　すぐ燃やせって書いてあったやろ」

「いやぁ、記憶にないな。そんな文章あったかいまから読み返そうか」

「いい、いい！　ってか、大事にしまってあるんとちゃうんかい」

「だから、ここにある鞄に大事にしまってある」

肩に斜めにかけた黒色のボディーバッグをトントンと軽く叩いてみせると、優子がこちらに腕を伸ばしてきた。それを華麗に避《よ》け、夏紀はカラオケ店に向かって歩き出す。「待ちなさいよ」と追いかけてくる優子を待つ必要はなかった。なんせ、彼女は意地でも夏紀の隣に並ぶから。

立ったまま、ギターを構える。直方体の箱に存在するのは二人だけ。

本番が近づき、通し練習の回数は日増しに増えている。カラオケ店のアルバイト店員は毎日やってくる二人組の顔をすっかり覚えてしまったのか、詳細を確認することなくスタンドマイクのある部屋へ案内してくれるようになっていた。

肩幅に足を開き、夏紀は優子の顔を見やる。コクンとうなずかれ、互いの準備が済んでいることを確認する。メトロノームは使わない。曲のテンポを決めるのは、最初に奏でる四分音符の連続だ。

夏紀の右手が一、二、三、四、とリズムを刻む。その直後、優子のギターが加わってくる。それぞれの担当は、優子がメインメロディーを担うリードギター、歌う夏紀がバッキングだ。

深みのあるブルース調の旋律がスピーカーから鳴り響く。うなる音色が空気を震わせ、肌をビリビリと震わせる。マイクに口を近づけ、夏紀は深く息を吸い込む。

「僕は君になりたかった」

喉奥をこじ開け、口内で響かせるように歌い始める。優子はこちらを見ていない。自分の手元に視線を固定させながら、耳をそばだててこちらの気配を読み取ろうとしている。

「おめでとうって笑顔で言える、優しくて素敵で良い奴に

僕は君になりたかった
なりたかったのに
結局、僕は君のなりそこないなんだ」
左手で弦を押さえながら、右手で一定のリズムを刻み続ける。ピックが弦をこする、その感触が皮膚に伝わる。胃の奥が熱くて、息苦しくて、それをとにかく吐き出したかった。
「太陽とか月だとか　使い古された喩えで
勝手に理解した気になってんじゃねぇよ」
足裏がじりじりと焦げついている。理由もない焦燥が、夏紀の身体を駆け抜けた。もっと激しく、もっと強く。それに呼応するように、優子がピックで弦をこする。けたたましくうなるギターの音色が狭い部屋に反響する。弦を押さえる指先が痛い。熱狂が胃の底から湧き上がり、渇望へと変化する。
「君に僕がわかってたまるか
傲慢で臆病で身勝手な僕を
期待なんてしたくないんだ、とっとと要らないと言ってくれ
君の差し伸べる手が僕を永遠に苦しめるんだ」
音の雨粒が激しく夏紀の頬を打つ。そう、期待なんてしたくない。わかってくれる

だなんて思いたくない。距離を取って、傍観者を気取りたい。そうすれば傷つかなくてすむって頭ではわかっていたのに、それでも夏紀は手を取ってしまった。

見てみたかった、あの子と同じ世界を。

「君は僕を大事にしたい
僕は僕を大事にしない
めちゃくちゃに壊してやりたいんだ、今すぐに」

いななきに似たギターの旋律。優子が夏紀を見る。まっすぐな眼差しが夏紀の両目を頭蓋骨ごと貫いた。よそ見なんて許さないって、幼稚な愛を叫んでいるみたい。

「僕は君を」

かき鳴らすギターの音色がやむ。うっかり本音をこぼすフリをして、舌の上に詞を乗せる。作りものの傷心が、君には隙に見えるだろうか。

ひとつ分の呼吸を置いて、夏紀は歌う。

「僕は僕を」

一番と二番のつなぎも、最後の締めくくりも完璧だった。ソファーにどさりと音を立てて座り込み、夏紀はギターをスタンドへ立てかける。ドリンクバーから取ってきたメロンソーダはすっかり炭酸が抜けていた。

「仕上がったやん」

冷めたフライドポテトをつまみ、優子はその端を小さくかじった。しなしなになったポテトの油が敷かれた紙に染みている。まどろっこしい食べ方だな、と夏紀はフンと鼻を鳴らす。三本ほどポテトをつかみ、大口を開けてなかへ放り込む。揚げたても美味《おい》しいけれど、熱を失ったポテトも嫌いじゃない。ジャンクさが三割増しな気がする。

「だいぶよかった、さっきの通しは」

「本番もこれなら問題なしやな」

「夏紀の歌も最初に比べてよくなったし」

「お褒めいただきドーモ。優子のギターソロもよくなってた」

「初めからよかったでしょ」

「……フッ」

「何その反応、ムカつくー」

言葉とは裏腹に、優子は澄ました顔でアイスティーをストローでかき混ぜていた。

二人のあいだではよくある戯れだ。

「ってか、今日の夏紀アレじゃん。瞼ピカピカしてる」

「感想が雑か」

「本番のメイクはどうする？　衣装は買ったけどさ」

「ノリでいいんじゃない？」

「ネイルもやりたい」

「んー、黒とか？」

「いや、青がいい。うちがやったげるからさ、アンタの家泊まっていい？」

「はぁ？」

勢い余って指ごとポテトを食べてしまった。唾液でべたつく感触が不快で、夏紀は紙ナプキンで指を拭う。

「泊まりにくんの？」

「夏紀の家族がＯＫやったらね」

「喜ぶやろうなぁ、残念ながら」

「吉報やん」

「ウチのオカン、優子のこと気に入ってるもん。礼儀正しい子やわぁって」

「この前家に遊びに行ったときにちゃんと手土産持っていった甲斐《かい》があったな」

「ってか、あのときの優子、猫かぶりすぎてヤバかったけどね」

右の足首を太ももにのせ、半分だけあぐらをかく。壁へともたれかかった夏紀に、

「大人相手やもん」と優子は平然と言ってのけた。彼女はそうしたところでそつがな

い。部活のOBやOGへの対処も手慣れていた。

「布団敷くのダルー」

自分の部屋の現状を思い出し、夏紀は軽く眉根を寄せる。優子が泊まるのならば、ローテーブルを片づけて客用の布団を押し入れから取り出さねばならない。面倒だという気持ちがありありと顔に出ていたのだろう、優子はヒラヒラと片手を振った。

「ええよ、アンタのベッドでテキトーに寝るから」

「どこらへんがええんや。うちが狭くなるやん」

「まぁぁまぁぁ」

「なんでこっちがなだめられてんの」

だが、友達が家に泊まりに来るのは久しぶりだ。思わず緩んだ口元を反射的に手で押さえる。それを目ざとく見つけた優子がニヒヒと笑いながら爪先で軽く夏紀のブーツを小突いた。

「うれしそうな顔ですこと」

「幻覚ちゃうか」

「えらいしっかりした手触りの幻覚やな」

トレーナー越しに腕をつかまれ、夏紀は軽く優子をにらむ。だが、優子が気にするはずもない。マニキュアで彩られた彼女の爪先が、犬に触れるような気安さで夏紀の腕を乱暴になでた。

「アンタも幻覚じゃないようやな」

仕返しとばかりに、夏紀は彼女が着ているボア生地のプルオーバーの袖をつかんでやる。「そんなとこで張り合う？」と優子が呆れとくすぐったさを混ぜ込んだ声で笑った。

優子が夏紀の家に泊まりに来たのは、その三日後だった。お泊まりセットと彼女が呼んだリュックサックのなかには、ヘアアイロンやらメイク道具やら必要じゃなさそうなものまで詰め込まれていた。本人曰《いわ》く「明日は衣装合わせやるから」とのことらしい。

夏紀の自室に入るなり、優子はニヤニヤしながら木製フレームの写真立てを手に取った。遊園地に行って、四人で撮ったときの写真だ。

「飾ってるんや」

「まぁ、せっかくやしな」

「あ、これは何？」

次に優子が目をつけたのは、ベッドの上に置かれたビニール袋だった。遊園地の土産用の袋のなかには黒のケーブルが詰まっている。夏紀は後頭部をかき、「クリスマスツリーに使うやつ」とおざなりに答えた。

「あぁ、店の飾りつけに使う用か」

「っていっても、実際に光るか確かめないとわかんないけどね。最後にツリーを飾ったの、結構前だし」

「じゃ、いま確かめよう」

優子が袋からLEDライトのついた電飾ケーブルを引きずり出す。ツリー用とはいうものの、かなりの長さがある。

「なんか、クリスマス以外でそれ見るのって変な感じ」

「普段は使わないしね」

ケーブルの端についたプラグをベッド横のコンセントに差し込むと、電飾はブランクを感じさせないまばゆさで青く光った。明るい部屋に灯る光を見て、優子は「綺麗やん」と小さくつぶやいた。

時間は穏やかに過ぎていった。晩ご飯の献立はカレーライスで、夏紀は二杯お代わりした。両親は娘の友人が来たことに上機嫌で、軽快に口を滑らせていた。そのたびに夏紀が大きい声で遮り、それを見た優子はケタケタとおかしそうに笑った。

風呂には優子が先に入った。その次が夏紀の番だった。優子を部屋で待たせるのは悪いから、普段より入浴時間は短くした。ボディークリームを塗ったあと、黒ずくめのルームウェアを着る。ドライヤーをかけても髪が完全に乾かなかったので、まどろっこしくなってタオルを上にかけた。

お待たせ。そう声をかけようと頭のなかで決めて、ペットボトル片手に夏紀は自室のドアノブに手をかけた。「スマホでも見て待ってる」と言っていたからダラダラ過ごしているのだろうと決め込んでいた夏紀は、扉を開けた先に広がっていた光景に息を吞んだ。

電気が消えていた。

閉めていたはずのカーテンは開け放たれており、窓ガラス越しに街灯の光が差し込んでいる。夜闇は隅へと追いやられ、うすぼんやりとした青白さが部屋のなかに満ちていた。

沈黙を保ったままの室内に、夏紀はそっと身体を滑り込ませる。息を殺して、足音を殺して。そうしてベッドをのぞき込むと、優子が横になって眠っていた。その腕に、発光する電飾ケーブルが絡みついている。閉じられた瞼、鼻筋、唇。それらを照らす青い光。ルームウェアから伸びる彼女の脚には、黒いケーブルが緩やかに巻きついていた。無防備にさらされた二の腕が艶やかに青を反射している。

抱き枕代わりにするにしても、もう少しいいものがあっただろうに。暖房の効いた部屋で眠りこける優子の姿を見下ろし、夏紀はそっと唇に笑みをにじませた。起こしてしまうことにためらいを覚え、そのままにしておくことにする。

カーペットの上に腰を下ろし、夏紀はぼんやりと壁を見上げた。青く光る空間は、仄暗《ほのぐら》い水底を連想させる。青く色づいた夜の空気を、夏紀は人差し指で軽くなでた。生乾きの自身の髪をひと房つかみ、傷んだ毛先に口づける。シャンプーの甘ったるい香りは鼻腔をくすぐり、すぐさま指先から逃げ落ちていった。

「んん」

ぐずるような声のあと、優子が寝返りを打った。こちらを向いた優子の腕のなかで、いまだに電飾は光り続けている。彼女を縁取る輪郭線が青くぼやけるのを、夏紀はただ眺めていた。

優子の睫毛が震え、ゆっくりと瞼が上がる。つるりとした双眸に冷えた青が映り込んだ。ぱちり。その両目が大きく瞬く。焦点の結ばれていなかった目が、次第に怪訝そうに細められる。

「あ?」

「ガラ悪」

第一声がそれか、と夏紀は肩を揺らして笑った。自分の状況をようやく把握したのか、優子が右手で電飾ケーブルをつまみ上げる。

「うち寝てた？」

「べつに、もっと寝っててもよかったけど」

「しまった。目を閉じとくだけのつもりやったのに」

「そりゃ寝ちゃうでしょ。何、瞑想《めいそう》でもしてたん？」

「いや？　なんとなく、光を見てたの」

「ふうん」

優子が身を起こし、ぐしゃりと自身の髪をかき混ぜる。パステルカラーのルームウエアは、キャミソールの上から中途半端に羽織ったパーカーにショートパンツという冬にあるまじき組み合わせだった。

「寒くないわけ？」と思わず尋ねた夏紀に、優子は半目で答える。

「むしろ暑い」

「暖房効きすぎてたか」

「ってか、夏紀だって薄着やん」

「この部屋暑いし。あと、寝てるときにごわごわしてるの嫌」

「他人のこと言えへんな」

呆れたようにそう言って、優子は大きく欠伸をした。暖房の温度を下げればいいことはわかっていたが、今度は肌寒くなるんじゃないかと思うとどうにも腕が動かなかった。

「電気つける？」

投げかけられた問いに、「このままでいいんちゃう」と夏紀は答える。カーペットの上であぐらをかく夏紀を、優子がベッドから見下ろした。ローテーブルに置かれたグラスに、夏紀は持ち込んだペットボトルから炭酸水を注ぐ。しゅわしゅわと泡の立つ音に優子が目ざとく反応した。

「うちも飲む」

ベッドから下りる優子の足首には電飾ケーブルが絡まったままだった。こけたら面倒だなと思ったが、彼女はそんなへまをしない。グラスの中身を口に含み、優子は即座に「うげ」と舌を突き出す。

「何これ、甘くないんやけど」

「炭酸水。スッキリするかと思って」

そう言って、夏紀は一気にグラスの中身をあおった。喉を通り過ぎる炭酸が少し痛くて、気持ちいい。

「目が覚めたわ」

「そりゃよかった」

顔をしかめる優子に、夏紀は口端を軽く吊り上げる。街灯のせいか、夜空には星ひとつ見えない。ただ、半分ほど欠けた月が薄闇にぽつねんと浮いている。月って欠けるから好きだな、とふと思う。満たされるのはほんのわずかな時間でしかないのだと、思い知らせてくれるから。

「なんかさ、演奏会が終わったらほんまに卒業やなって気がせん？」

グラスを傾けながら、優子がしんみりとつぶやく。

「卒業式はもう終わったやん」

「そうやねんけど、演奏会があるうちはまだ高校生活の延長って感じもあったっていうか、さ。ほんまに……ほんまに、終わるんやなって思う」

「何が」

「うちの高校生活が」

パーカーを半端に着ているせいで、優子の肩が震えたのがはっきりと見て取れた。夏紀は手のなかにあったグラスをローテーブルに置く。ゴトリ、とガラスの底がぶつかる音がした。

優子が感じていたことは、夏紀が感じていたことでもある。演奏の練習をしていると、襲いくる不安を紛らわすことができた。膨大な時間は未成熟な自我をすぐに狂わせてしまうから、演奏会というイベントは夏紀にとって都合がよかった。練習は面倒なこともあるけど、ギターを弾いているあいだは上達することしか考えずにすむ。余計な雑音が消え去って、脳味噌がクリアになっていく。

「そしたら次は、大学生活が始まるな」

「そうやねんなぁ。サークル、どうしようかな」

「今度は幹事長でも目指す？」

「そしたら夏紀は副幹事長？」

「やらへんよ。うちはもう、そういうのは」

もともと、人の上に立てるような人間じゃなかった。副部長を引き受けたのだって、あすかに頼まれたからだ。ほかの人間相手だったら、きっと自分は断っていた。

「向いてたと思うけど。夏紀先輩はいい人やって評判やったし」

優子の言葉に、知らず知らずのうちに苦笑が漏れた。彼女の足首に絡んだ電飾ケーブルの、小さな電球のひと粒をつまむ。夏紀の親指と人差し指に挟まる青は、砕けた流れ星の欠片みたいだ。

「みんなさ、うちのことをいい人って言うねん」

みぞれも、久美子も、周りの子たちも。無防備に良心を差し出しながら、ありもしない善人の幻影を夏紀の本性だと思い込んでいる。

「買いかぶってるのよ、うちのこと」

「そうやろか」

「正直なこと言うてさ、うち、みぞれのこともちょっと苦手やった。だってあの子、自分の振る舞いが希美の目にどう映ってるか、全然気づいてないんやもん。苛つくやんか、そんなん。なのにあの子、うちに平気で言うねん。『夏紀はいい人』って」

唇が自嘲じみた震えを吐き出す。みぞれに過保護な優子なら反論するかと思ったけれど、彼女は肯定も否定もしなかった。

夏紀は噛み締めるように言葉を紡ぐ。

「うちさ、みぞれといるとたまに苦しくなるよ。あの子のすごさが、刺さるねん」

「嫉妬?」

「んなワケない。優子だってわかってるでしょ、うちは吹奏楽部で誰かに嫉妬なんてしいひんかった。嫉妬なんて、するわけがなかった」

夏紀が他人の前でいい人であり続けられた理由。そんなのは、自分がいちばん自覚している。

「うち、心の半分はどうでもいいって思ってた。一年半前のオーディションのときだってそう。一生懸命頑張っても足りないのはしゃあないやんって、それが当たり前やろって。だって、みぞれみたいにずっと一生懸命やってたわけじゃなかったもん」

突如やってきた敏腕顧問、滝によって見る見るうちに北宇治が作り替えられていく様は、夏紀には少し恐ろしかった。誰も彼も一生懸命が美徳だという顔をして、つい数カ月前までの自分をすっかりなかったことにしている。

滝という男は空気作りが抜群に上手かった。努力なんてもの、それまでの北宇治だったら誰も目もくれなかったというのに。いつの間にか浸透した価値観が、夏紀の内側に潜り込む。変わってしまう自分に自覚的なのが嫌だった。

そのなかで、みぞれだけが変わらなかった。弱小校であろうと強豪校に変わろうと、みぞれのやることは決まっていた。あの子は周りの空気に左右されない。みぞれの世界を変えられるのは、いつだって希美だけ。いっそ狂気すら感じさせる、痛ましい努力の理由がうらやましかった。

みぞれといると苦しくなるのは、自分のずるさを思い知らされるからだ。自分がいかに凡人か突きつけられ、呼吸が一瞬止まるから。

「うちがいい人に見えるんは、優しいからでも性格がいいからでもない。ただ、無関心だったから。どうでもいいって気持ちを、みんなが寛大やと誤解してる。うちは絶対にいい人なんかじゃないのに」

ＬＥＤの電球を握り締めると、先端が指先にぷつりと食い込む。いっそ割れてしまえばいいとすら思うのに、手のなかの青にはヒビひとつ入らない。

ずっと、許せないのだ。あの日、希美の背中を押した自分自身を。皆が空気を読んで駆け出したとき、遠くから冷笑した自分自身を。だから夏紀の優しく見える振る舞いは、すべてが罪滅ぼしなのだ。誰かの一生懸命を馬鹿にしていた、あのころの自分を許せないだけ。

「中川夏紀は、めちゃくちゃ身勝手な人間やねん」

吐き捨てた声は、思ったよりも強情な響きをしていた。三角座りにした膝小僧の上に顎をのせたまま、優子はちらりとこちらを見た。視線から逃れるように、夏紀はそれとなく顔を逸らす。木製フレームに入った写真に、なぜだか目が吸い寄せられる。写真のなかの四人は笑顔だった。

「ばっかじゃないの？」

グラスがローテーブルに置かれた音がした。電飾ケーブルがぐいと引っ張られ、釣られて夏紀はその犯人の顔を見る。微かにひそめられた眉の下で、呆れをにじませた両目がばつの悪さを隠せない夏紀の顔を映し出していた。

「アンタがどう思ってるかなんて、それこそどうでもいいっての。優しくされたほうはうれしくて助かって、頑張る理由になった。だからアンタに感謝してるの。こっちの感謝をねじ曲げようやなんて、それこそ身勝手な理屈やな」

ハンッと小馬鹿にするように鼻で嗤われ、夏紀は呆気に取られた。

「アンタがいいヤツをやめたいって言うんなら、さっさとやめたらって勧めるけどさ。そもそもアンタ、そこまでいいヤツか？」

「はぁ？　いいヤツでしょうが」

反射的に口を衝《つ》いて出た台詞は、いつもの言葉遊びの延長だった。いい人だと評価されると居心地が悪くなるけれど、だからといっていい人じゃないと否定されるのも納得いかない。

矛盾だらけの心情を、肯定も否定もされたくない。誰にも知られたくないと思いつつも、誰かには知ってほしいと思う。

電飾ケーブルを弄《もてあそ》びながら、優子は両目を軽くつむる。唇を軽くすぼめ、彼女は挑発するような声音で告げる。

「口悪いし、嫌いなやつにはすぐ突っかかるしさ」

「それ、そっくりそのままお返しするんですけど」

「あとはなんや？　集団行動が本当は嫌いやし。そのくせ、他人にすぐちょっかいかけたがるし。一匹狼《おおかみ》を気取りたがってる割に、ほんまは他人のことばっかり気にしてるし。めちゃくちゃめんどくさい性格してる。アンタのことを聖人君子やと思ったことは一度もない」

「さんざんな言い草やな」

「事実やもん」

青く光る睫毛を跳ね上げ、優子は静かに息を吸った。

「この前さ、夏紀が聞いたやん、なんでギターを始めたのって。それで、個人でできる楽器ならなんでもよかったってうちが答えたら、『代替品がそこらじゅうにあふれてるってワケね』って言うたやん。覚えてる？」

覚えてはいないが、自分が皮肉っぽくそう言ったところは想像できる。アントワープブルーの歌詞のなかでも、もっとも気に入ってる一節だったから。

「なんでいまその話？」

「つながってるから」

優子の手が、電飾ケーブルを手繰り寄せる。夏紀が電球を握ったままなせいで、黒いケーブルがピンと張った。

「夏紀は自分の代わりが世の中にいることが嫌で嫌で仕方ないみたいやけど、うちはそんなに悪いことやとは思ってへんよ」

「べつに、嫌で嫌で仕方ないとは思ってへんけど」

嘘だ。本当はオンリーワンの存在に憧れている。才能やセンスで他者を圧倒する、替えの利かない人間になりたい。だけど夏紀は、自分がそんな存在からほど遠いことを知っている。

唇を噛み締めた夏紀の額を、優子の指先が軽く小突いた。「うっ」と思わず身を仰《の》け反《ぞ》らせた夏紀の眼前に、優子がつながったままの電飾ケーブルを突き出してくる。

「いくらでも代わりがいるなかで、うちはアンタを選んでこうやって一緒にいるワケ。代わりがないからじゃなくて、代わりがいくらあってもアンタを選ぶ。一緒に音楽やるのも、こうやって過ごすのも、夏紀と一緒がいいよ。それが悪いこととはうちにはどうしても思えへん」

視界は青かった。夜になる前の空みたいな、海の底にいるみたいな、光をまとった青色が小さな世界を満たしていた。

じわりじわりと夏紀の頬に集まる熱も、きっとあふれる青に紛れてしまっているだろう。にじみ始めた視界をごまかすように、夏紀は電球から手を離した。力を入れすぎていたせいか、手のひらにははっきりと跡が残っていた。

「そんな恥ずかしいこと、堂々とよく言えるな」

「そういう流れだったでしょうが！　いま！」

茶化した夏紀に、優子は勢いよく自身の太ももを叩いた。たったそれだけで先ほどまでの空気は霧散して、すっかり普段どおりになった。それを少し残念に思う自分と、安堵している自分がいる。矛盾した心を飼い慣らそうとするのは、とっとと諦めたほうがいいのかもしれなかった。

苦々しい感情を舌の上で転がしながら、夏紀はベッドサイドに置かれたリモコンを手に取った。ボタンを押すと、あっけなく照明が点灯した。「まぶしっ」と優子が手のひらで両目を覆う。その脚の上に垂れる電飾ケーブルは、いまだに青く輝いていた。勝ち気な瞳がこちらを映していないことを確認し、夏紀は彼女の二の腕を軽く叩く。

「ま、うちだって選ぶならアンタ以外考えられへんな」

「ソッチのほうが千倍恥ずかしい！」

即座に返ってきた反論に、夏紀は声を上げて笑っていた。

＊＊＊

本番当日はあっという間にやってきた。

会場となるカフェは地下にあり、窓は一切なかった。太陽光は差し込まないが、代わりに間接照明を大量に配置することで物々しい雰囲気になることを避けている。打ちっ放しのコンクリートの壁には電飾ケーブルが飾りつけられており、会場内をほんのりと青く染め上げていた。十五時から十八時まで、今日は夏紀たちによる貸し切りだ。開演は十六時のため、いまは演者と手伝いのスタッフしかいない。

「菫、めちゃくちゃ衣装選びに気合い入れたでしょ」

「当たり前じゃん。三カ月前にはコンセプト決めてたもん」

菫相手に談笑している希美も、その隣に立つみぞれも、今日はおそろいの格好をしている。黒のボウタイブラウスに、同じく黒のハイウエストのパンツ。スッキリとしたシルエットは美しい。もしかすると菫のチョイスなのかもしれない。

今回のイベントの主役バンドであるレチクルの面々は、ゴシックな衣装を身にまとっていた。黒と青を基調とした衣装はワンピースだったりパンツスタイルだったりと、それぞれ少しずつ違っている。菫の頭に添えられたミニハットには、薄い網状のチュールがついていた。

それとは対照的に、夏紀と優子の衣装は白を基調としている。優子は膝丈のヴィンテージ風ワンピース、夏紀はパンツスタイルのセットアップだ。

自身の前髪を指先で整えながら、優子は何やらぶつくさとつぶやいている。

「髪形変ちゃう？」

「大丈夫」

「メイクは崩れてへん？」

「大丈夫」

「ちょっと！　さっきから大丈夫しか言うてへんやん」

「だって大丈夫やねんもん」

マスカラでコーティングされた睫毛は、普段よりも乾燥していた。それに触れないように気をつけながら、夏紀は自身の下瞼を軽くなでる。先ほどからチラチラと視界に入ってくる、マニキュアの青さがどうにも気になる。優子が力作とのたまうそれは、確かに見事な出来栄えだった。

青色のネイルの上に金や銀のパーツがあしらわれ、夏紀の指先に十の小さな星空を作っている。本当は足の爪も青く塗られているのだが、今日は靴を履いているから他人の目にさらされることはないだろう。

「そういやさ、夏紀が塗ったペディキュア、雑すぎてはみ出てたで」

白のパンプスに包まれた足先を揺らす優子に、夏紀は肩をすくめてみせた。このタイミングで苦情を言われても、いまさらどうしようもない。

「ええやん、誰も見いひんし」

「だから夏紀に任せるのは嫌やってん。足もうちがやればよかった」

「優子に任せっぱなしはムカつくなって」

「その結果がコレ？」

「ま、お守りみたいなもんやから」

本番で履く靴も事前に決めていたから、足の爪が隠れてしまうことなんて互いに初めからわかっていた。それでも夏紀は塗ると言い張ったし、優子はそれを受け入れた。

文句なんて口先だけで、本当は秘めたおそろいに心を弾ませている。

「二人とも、今日はバッチリ決まってるな」

先ほどまで菫との会話に花を咲かせていた希美が、大股でこちらに歩み寄ってくる。それを後ろから追いかけるみぞれの髪形は、珍しくポニーテールだった。

「吹部の子らも、夏紀と優子の演奏楽しみにしてるって言うてたで」

「そうやってすぐプレッシャーかけるんやから」

「え？　こんくらいじゃプレッシャーなんて感じひんやろ？」

「希美はうちらをなんやと思ってるん」

夏紀が肘で肩を小突けば、希美が愉快そうにカラカラと笑った。今日やってくる客はたいていが顔見知りの友人だ。南中で吹奏楽部だったメンバーと、高校で菫たちが新たに作った友人たち。そのなかには北宇治の吹奏楽部員も含まれていて、それが少し照れくさい。

大勢で舞台に立つのは慣れているけれど、二人きりの本番となると緊張感すら新鮮だ。頬にかかる自身の髪を軽く揉みながら、夏紀はこちらを凝視するみぞれを見返す。

「みぞれも、今日はちゃんと聞いといてや」

「うん」

コクリと首を縦に振り、みぞれは急にピースサインを作り出した。右手と左手でピースをし、人差し指同士を胸の前でくっつける。

「W？」

「なんのポーズ？」

不思議そうな顔をする希美と優子を無視し、夏紀もまた同じポーズをしてみせた。それを見たみぞれの唇が満足そうに綻ぶ。込められた意味を知っているのは、この場では二人だけだった。

「そういう暗号？　秘密結社みたいやな」とトンチンカンなことを言いながら、希美がみぞれのポーズを真似する。やっていないのは残り一人だけだ。促す三人の視線を受け、「何、このノリ」と唇をとがらせながら、優子がゆっくりと両手でピースサインを作る。

四人は同じポーズで向き合い、誰からともなく笑い出した。本番の開始時刻が、緩やかに迫っていた。

開演時間となり、夏紀と優子は舞台に上がる。吹奏楽部のときとは全然違う。本当に小さなステージだ。ここには五十五人も座れないだろうし、指揮者だっていない。だけど、それでいい。隣に立つ優子に目配せすると、ギターを構えた優子がなぜか自慢げにピックを掲げた。今日のために買った、おそろいのピックだ。

肩に食い込むストラップの位置を微かにずらし、夏紀は大きく息を吐き出す。アンプにつないだエレキギターのチューニングは済んでいた。背景となる壁には青い幕が吊り下げられ、暖房の風を受けるたびに緩く波打っている。

客を入れた店内はほどほどに騒がしく、ほどほどに混んでいた。席はなく、立食パーティーの形式でテーブルに軽食が盛りつけられている。夏紀が顔を上げるだけで、友人たちがこちらに目だけで笑いかけてきた。サービス精神でウインクしてやると、ピュイとどこかではやし立てるような口笛が鳴る。どいつもこいつもノリがいい。

優子がスタンドマイクに近づくと、それだけで会場内は静かになった。

「今回は、オープニングアクトとして呼ばれました。レチクルのメンバーとは中学時代からの付き合いで、いろいろあったけど、こうしてまた同じ場所で同じように音楽ができることがめちゃくちゃうれしいです」

その言葉に、会場から自然と拍手が沸き起こった。「呼んでくれてありがとう！」と待機中のメンバーに優子が声をかけると、さらに拍手の音は大きくなる。しんみりとした空気が広がるより先に、夏紀はギターヘッド側に向かって弦をピックでこすり上げた。ギャイイィン！　とけたたましい音が鳴り響く。夏紀がいちばん好きな、ピックスクラッチ。

「御託はいいから、今日は死ぬ気で楽しもうぜ！」

叫んだ夏紀に向かって、客席から歓声が飛ぶ。ピピィと鳴った鳥のさえずりのような口笛は菫が吹いたものだった。
夏紀は優子を見る。そして、優子も夏紀を見る。それだけで準備はもう済んでいた。マイクに近づく自身の唇が、今日の二人の名前を紡ぐ。

「さよなら、アントワープブルー」

カウント代わりに動くピックが弦を静かにかき鳴らす。
長くて短い、四分二十一秒の歌。
その始まりを告げる爪先は、どこまでも自由な色をしていた。

第三話　吉川優子は天邪鬼。
（そしてそれはお互い様）

エピローグ

本番終了後の打ち上げは、そのままカフェを貸し切りにして行われた。テーブルに並べられたピザを持ち上げ、夏紀は三角形のいちばんとがったところにかじりつく。伸びるチーズが服を汚しそうになり、少しだけ慌てた。

「いやぁ、めっちゃよかった。レチクルの演奏も、夏紀たちの演奏も」

そう噛み締めるようにつぶやきながら、希美が包装紙ごとハンバーガーを軽く押し潰す。「このほうが食べやすいねん」と彼女はあっけらかんと言ったが、それを見た優子は信じられないと言いたげな態度でその手元を凝視していた。

夏紀の隣に座るみぞれは、先ほどから黙々とポテトサラダに交じったカニカマを箸で取り除いている。夏紀がしたならば絶対に「行儀が悪い」と優子にとがめられる行為も、みぞれであれば許される。こんなに甘やかしていいものだろうかと思いながら、夏紀はあり余るカニカマをフォークで突き刺して口に運んだ。

みぞれはキョトンと目を丸くし、それからゆっくりりと頬を緩める。

「ありがとう」

「どういたしまして」

素直に礼を言われ、ちょっとだけ照れくさい。目を逸らした夏紀の脚を、ニヤニヤと笑う優子の足がテーブルの下で軽く蹴った。

「何？」

「べつにぃ」

「もしかして嫉妬か？　うちとみぞれがこんなに仲良しやからって」

なー、と隣のみぞれに笑いかけると、彼女は無表情のまま「なー」と同じ音を繰り返した。「伝わってへんやん」と優子が揶揄混じりに笑う。

「あ、そういえばうち、卒業アルバム持ってきてん」

会話に割り込んできた希美が、そのままいそいそと鞄からアルバムを取り出す。なんでこのタイミングで、と夏紀は思ったが、周りの食いつきは思ったよりもよかった。菫たちまでやってきて、「見たい見たい」とはやし立てる。

「うち、卒業アルバム委員でさ。ここのページとか担当してんで」

物々しいシルバーの指輪を嵌めたまま、菫がアルバムの後半のページを指差す。多くの写真をコラージュしたページには、それぞれの部活の活動シーンがごちゃまぜに並べられていた。文化祭のときの軽音楽部の写真のすぐ横に、吹奏楽部の写真がある。

関西大会のときに部の同学年の子たちだけで撮った、こぢんまりとした集合写真だった。

「賞状持ってる優子、カッコいいな」

菫の称賛に、「部長やからね」と優子はよくわからない理論で答えた。

金賞と書かれた賞状を掲げ持つ優子は清々《すがすが》しい笑みを浮かべていて、その目が赤く腫れていることなんて写真を見ただけじゃ誰も気づかないだろう。胸を張る彼女の姿を、夏紀はいまでも誇らしく思う。その傍らに寄り添うようにして立つ、自分自身の振る舞いも。

ここに写っているのは、部長と副部長としての優子と夏紀だった。

「あと、みんなにとったアンケートも集計大変やってん」

愚痴る菫の指が、ためらいなくページをめくる。ランキング形式でまとめられたアンケート結果は予想どおりのものもあれば、意外なものもあった。

「松本先生が人気だったんだよね」

「うちは絶対滝先生が一位やと思ったけどなぁ」

「滝先生は三年生の担任受け持ってないやん」

「だからかぁ」

やいやいと騒がしい友人たちの会話が、夏紀の耳を右から左へ通り抜けていく。じりじりと目が吸い寄せられたのは、ページの端に書かれた設問だった。

Q13　あなたの自分自身への印象は？

無意識に伸ばした指が、印刷された文字をたどった。この問いに対する答えを、自分はずっと探し続けていたような気がする。

もしもいま、手元に回答用紙があったならば、夏紀は迷いなくこう書いただろう。

中川夏紀は、身勝手だ。

（でも、そんな自分も嫌いじゃない。）

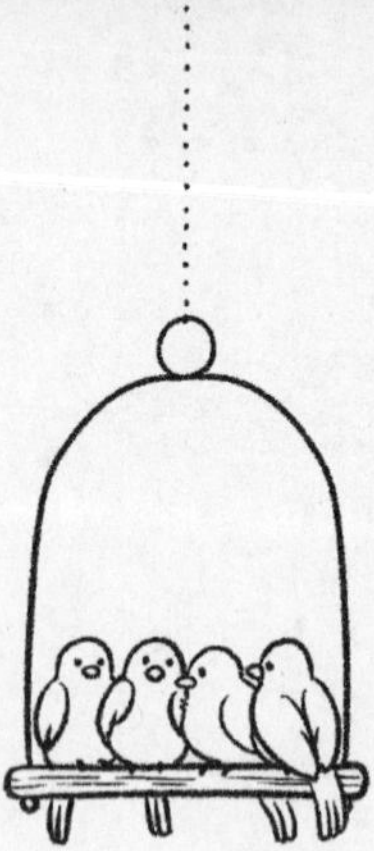

記憶のイルミネーション

日が暮れたあとに見るメリーゴーラウンドは、どこか幻想的だった。西洋の宮殿を思わせるそれは、柱から屋根に至るまで金色の装飾が細やかに施されている。アールヌーボー調の草花のモチーフ。曲線的な赤と金の縁取り。中央の柱部分には規則的に鏡が設置され、それら一つひとつを、温かみのある光を放つ電球が取り囲んでいる。

ゲートが開かれ、希美はスタッフの指示に従い馬を模して作られた座席へとまたがる。陶器製の馬はたてがみの毛の流れまで細かく再現されており、近くで見るとリアルさに少しぎょっとした。冬の外気にさらされているせいで、表面は冷たかった。

「みぞれ、一緒に乗る？」

ポールを握りながら、すでに座っていた優子がうろうろとさまよっているみぞれに声をかける。

希美のひとつ前のその座席は、馬ではなくラクダの形をしていた。茶色のラクダはフタコブラクダで、鞍《くら》も二人分ついている。ペルシャ絨毯《じゆうたん》を思わせる鞍のデザインは、不思議と全体の雰囲気にマッチしていた。

ケープコートの端を握り締め、みぞれはじっとラクダと目を合わせていた。ラクダの長い睫毛はもちろん微動だにしないが、それでも何かを納得したようにみぞれはコクリとうなずいた。

「乗る」

「じゃ、後ろね」

馬形の座席と違い、ラクダには二本のポールが取りつけられている。みぞれは足置きをステップ代わりにし、優子のすぐ後ろの鞍にまたがった。

「楽しい?」

「わからない。まだ動いてないから」

「あー、そうやんな。先走っちゃった」

照れたように頭をかく優子に、みぞれは軽く首を傾げた。癖のない黒髪が動きに合わせて肩に滑り落ちる。ここからでは後頭部しか見えないから、みぞれの表情はわからない。顔が見えるのは、みぞれと話そうとして振り返っている優子だけだ。

「うちらも二人乗りのやつにしようや」

「うわっ」

突然間近から声が聞こえ、希美はつい身を仰け反らした。マフラーで口元を隠した夏紀が、すぐそばに立っていた。

「ほら、まだラクダ余ってるし」

「べつにラクダにこだわりはないけど」

「こだわりがあるかどうかちゃう、乗りたいか乗りたくないかやろ」

「なんか名言っぽいな」

「やろ？」

マフラーを指でずらし、夏紀が口角を上げてみせる。その人差し指が、少し離れた場所にある白のラクダのほうを向いた。みぞれたちが座っている茶色のラクダの鞍はガーネットレッドだったが、あちらは明るいターコイズブルーだった。

時間帯のせいもあってか、メリーゴーラウンドに乗る人の数は少ない。昼間に多く見かけた家族連れはすでに帰ってしまったのだろう。地元の遊園地でわざわざ閉園時間まで残る客というのは意外と少ない。

「うちが前座るから」

「夏紀ってそういうのこだわるタイプやったっけ？」

「とくにこだわりはないけど、気分で」

夏紀が席に着いたのを確認し、希美もまたラクダにまたがる。メリーゴーラウンドは日本語で回転木馬というらしいけれど、木馬らしさは皆無だなとツルツルの表面をなでながら思う。屋根を見上げると、装飾用の柱の一つひとつに電球が規則的に並べられている。

「観覧車もライトアップされてるらしいで」

前を向いたまま、夏紀が言う。このラクダに乗っていると、柱でちょうど死角となってみぞれと優子の姿が見えない。

「あぁ、そういえばまたあとで乗りたいって言うてたね。園内のイルミネーションも見られるやろうし、綺麗やろうな」

「希美はイルミネーション好き？」

「普通に好きやけど……って、前にもこんな話しいひんかった？」

「したした」

クリスマスイヴの日にしたやり取りを、希美はいまでもよく覚えている。あの日、希美は四条のケーキ屋さんに注文していた商品を取りに行ったのだ。そこで映画館帰りの夏紀とばったり出くわし、何やら抽象的な問答をした。真昼のイルミネーションの話だ。

あのときは昼間だったから、デパート前の植え込みを飾りつけていたイルミネーションの電飾コードが剥き出しになっていた。夏紀はそれを見て「イラッとせん？」とこちらに半笑いで言ってきた。昼間はその存在に気づきすらしなかった人間が、夜になって光っているところを見て綺麗だと能天気に言っていることがムカつくらしい。相手に光ってもらわないとその価値がわからないような人間が、いつの日か昼間のありのままの姿の電飾の美しさを根こそぎ奪い去ってしまうのが怖い。そんな感じのことを、あのときの夏紀は言っていた。

足置きに爪先をのせ、希美はポールに腕を回す。馬に取りつける足置きは鐙《あぶみ》という名前なのだとテレビのバラエティー番組で言っていたのを見たことがある。じゃあ、ラクダの場合はなんと呼ぶのだろう。

「大学生になったらさ、いっぱい旅行に行きたいねんな」

前に座っている夏紀がこちらを振り返る。彼女の背中を覆う黒の革ジャンが灯《あか》りを反射して艶やかに輝いている。

「いいやん、楽しそう」

「鳥取《とっとり》砂丘《さきゅう》でラクダに乗れるんやって」

「ラクダ乗りたいん？」

「人生で一度は乗りたくない？」

「乗りたい」

「ほら」

得意げに鼻を鳴らす夏紀に、「何がほらなん」と希美は笑った。

「皆様、準備はお済みでしょうか？　木馬が走り始めたら足や身体の向きは変えず、安全にパレードをお楽しみください」

アナウンスが聞こえ、そのあとに「ジジジジジ」とベル式の目覚まし時計のような音が響いた。土台がゆっくりと動き出し、目に映る景色が変化し始める。

スピーカーを通して流れる音楽は明るく楽しい。構成はグロッケン、シンバル、アコーディオン、スラップスティック、トランペットだろうか。フルートはいないのか、と希美は少し残念に思う。べつに、いたからといってどうだというわけじゃないけれど。

「大学生になってもさ、こうやって四人で遊んだりしたいなってうちは思うてるんやけど」

右手でポールを持ったまま、夏紀がこちらに顔を近づける。子供のころだったら危険だと親に注意されそうな姿勢だ。だが、夏紀はもう十八歳で、希美もまた十八歳だ。胸を張って子供を自称するには、あまりに大人に近づきすぎている。

「そうなん？」

聞き返した声は自然と大きくなった。ＢＧＭのせいだ。

「旅行とかしたいやん。鳥取に行ったりさ」

「あぁ、話がつながってたんか。ってか珍しない？　夏紀からそういうこと言うの」

だいたいこういうことの言い出しっぺは希美か優子のことが多い。首を傾げた希美に、夏紀はなぜか眉間に軽く皺を寄せた。もにょりと動いた唇が、苦笑と照れの中間のような形を作る。

「さっきみぞれに言うちゃったからさ」

「何を？」

「また四人で遊びに行こうって」

その行動は無意識だった。勝手に動いた視線が、柱越しにみぞれと優子の姿を捉えようとする。だが、透視能力でもない限り、柱を貫通して二人の姿を見ることなんてできるはずがない。

ゆっくりと昇降を繰り返すラクダ、陽気な音楽、綺麗なイルミネーション。シチュエーションはどこか非現実的で、だからこそ希美は肩の力を抜いた。ポールを左手で握ったまま、冷え切った自身の頰を右手で拭う。

「夏紀のそういうとこ、ホンマええなって思うわ。尊敬する」

「そういうとこってどこよ」

「なんというか、そういうところ」

「答えになってへんって」

口を開け、夏紀はカラカラとおかしそうに笑った。ふらりと足置きから浮いた爪先が素直に天を向いている。

「尊敬してるんはほんまやで」

そう告げると、夏紀はキョトンと目を丸くした。ひとつに束ねた彼女の髪がメリーゴーラウンドの動きに合わせて軽く揺れる。そういえばいつからか髪形がおそろいになったな、と希美はいまさらなことを考える。

夏紀はもう昔のようにショートヘアにはしないのだろうか。あの短さが、夏紀の鋭さを秘めた顔立ちにはよく似合っていたのだけれど。

夏紀は自身の前髪を指先に巻きつけ、それから少し拗ねたように唇をとがらせた。それが照れ隠しであることぐらい、希美にだってすぐにわかる。優子と一緒にいるとき、夏紀はよくこの顔を見せるから。

「そりゃドーモ。うちも希美のこと尊敬してる」

「ありがとう、よう言われるわ」

「やろうな」

肩をすくめた夏紀に、今度は希美が口を開けて笑い声を上げた。四人で遊びに行くのも、旅行に行くのも、いまの自分たちだったらただの友達としてなんだって選択できる。

それは希美にとって間違いなく素晴らしいことで、そしてほんの少しだけ寂しさを覚えることだった。

解説

吉田玲子（脚本家）

一人の少女の、心のなかの万華鏡をのぞいている――。

本書を読ませていただき、まずそんなことを感じました。回転させるとさまざまな色や模様を見ることができる。明るい色もあれば、暗い色もある。単純な模様もあれば、複雑なものもある。夏紀というキャラクターが、内側に、こんな万華鏡のような色どり豊かな感情や思いを抱えていたことに新鮮な感慨を抱きました。

「響け！ユーフォニアム」シリーズに脚本として関わらせていただいた『リズと青い鳥』（アニメーション制作・京都アニメーション）という映画のなかにも夏紀は登場しますが、彼女が出るシーンはそう多くはありません。

『リズ〜』は鎧塚みぞれと傘木希美を中心にストーリーが進むのですが、ときおり顔をのぞかせる夏紀は、二人の関係にさりげなく気を揉み、サバサバとしながらも繊細な心遣いを見せる同級生でした。

そんな夏紀のなかに隠れていたたくさんの気持ちに本書で触れ、「そうだな。誰もがいろんなことを考え、生きているのだな」と、彼女のことがさらに愛《いと》おしくなりました。

みぞれや希美と同じ青い時期を過ごしている夏紀の「青」は、アントワープブルー。濃い影を落としたような青です。

――もしも自分の背中から翼が生えたって、夏紀はきっと空を飛べない。屋上の柵にもたれかかって、脚を伸ばして、それで終わりだ。

本書のなかで夏紀はそう自身を分析しています。

ですが、周囲を見渡し、気を配り、ときには腹立たしい思いで地面を蹴りながらも、前へ進んでいく彼女は、肩を並べて歩きたくなるようなチャーミングさを放っています。さまざまなことを思いつつも、つねに公平で客観的な視点を持っている。レチクルのように、視野内に刻まれた十字線を、夏紀の瞳は有しているのかもしれません。

でも、同時に、そんな自分に苛立ってもいる。

矛盾を内包する夏紀の魅力を再認識できました。

「ユーフォニアム」シリーズの素敵なところは、すべての登場人物に息遣いが感じられる点だと個人的には思っています。

ユーフォニアムに、オーボエに、フルートに、トランペットに。音を吹き込む生徒たちの、懸命な、切実な、軽やかな、重々しい息。それらを近くで聞いているような気がするのです。読み手としてのこの感想が、『リズと青い鳥』の脚本を書く際の根幹になっている気がします。音楽室のなかだけでなく、校庭、人けのない廊下、生徒たちが群れる階段、誰もいない生物室、部員たちで満ちた音楽室。一人でいるときの、誰かといるときの、楽器を吹くときの。ひそやかな、わざとらしい、懸命な。冷ややかな、湿った、温かい。「息」を画面から感じられるような映画に……。

と、脚本執筆時にそう思っていたかどうかはよくわからないのですが。息遣いが聞こえるような気がするのは、わたし自身も高校時代、吹奏楽部に所属していたせいもあるかもしれません。

四十人にも満たない、コンクールの金賞を目指すこともないのんびりした部で、わたしはクラリネットを吹いていました。吐き出す息が音楽になる。その音楽は自分の周囲から発せられ、広がっていく。それを感じるのが、わたしは好きでした。

本書のなかでいちばん、脚本に起こしてみたい場面は、第三話「吉川優子は天邪鬼。」のなかの、夏紀たちが白い布にペンキを塗っていくところです。

大きく手を動かす夏紀。下に敷いたブルーシートにはみ出してしまうペンキ。その上をうっかり歩いたせいで青くなる足の裏。小さな青の長方形を描く希美。慎重に細かく色を埋めていく優子。ひとり集中しているのぞみ。

非常に映像的な場面であり、一人ひとりの個性が見事に表現されているシーンです。

夏紀を主人公とした映像作品を作るとしたら、本書に出てくるバンド・レチクルのメンバーたちも登場させ、夏紀&優子たちと並行して、描いてみたいです。

「君は僕を大事にしたい。

僕は僕を大事にしない。

めちゃくちゃに壊してやりたいんだ、今すぐに。」

マイクをがっつり握りしめ、そうシャウトする夏紀。

『リズ～』とは違った、青春の衝動が感じられるようなテンポのよい作品になる気がします。そして、登場する人物に注がれる夏紀の視線が、この小説と同じように観客(読者)と重なるでしょう。

白い翼で羽ばたく人も、地に足をつけ歩んでいく人も、どちらも優しく肯定する空気がこの作品内には満ちています。そして、どちらも等しく孤独であることも教えてくれます。その視線の先には、それぞれの青が広がっているのだと思います。

この物語はフィクションです。
作中に同一の名称があった場合でも、
実在する人物、団体とは一切関係ありません。

本書は二〇二一年二月に小社より刊行した
『飛び立つ君の背を見上げる』を文庫化したものです。

〈参考文献〉

『エレキギターの教科書』
（ヤマハミュージックエンタテインメントホールディングス）

協力：株式会社ヤマハミュージックジャパン

武田綾乃（たけだ あやの）
1992年、京都府生まれ。2013年、第8回日本ラブストーリー大賞の隠し玉作品『今日、きみと息をする。』（宝島社文庫）でデビュー。「響け！ユーフォニアム」シリーズ（宝島社文庫）はテレビアニメ化され話題に。2021年、『愛されなくても別に』（講談社）で吉川英治文学新人賞を受賞。他の著書に『嘘つきなふたり』（KADOKAWA）、「君と漕ぐ」シリーズ（新潮文庫nex）、『なんやかんや日記 京都と猫と本のこと』（小学館）などがある。漫画『花は咲く、修羅の如く』（ヤングジャンプコミックス）の原作も手がける。

宝島社文庫

飛び立つ君の背を見上げる
（とびたつきみのせをみあげる）

2023年8月18日　第1刷発行

著　者　武田綾乃
発行人　蓮見清一
発行所　株式会社 宝島社
〒102-8388　東京都千代田区一番町25番地
電話：営業03（3234）4621／編集03（3239）0599
https://tkj.jp
印刷・製本　株式会社広済堂ネクスト

First published 2021 by Takarajimasha, Inc.
ISBN978-4-299-04598-0